ベリーズ文庫

国王陛下は無垢な姫君を甘やかに寵愛する

若菜モモ

JN177551

STARTS
スターツ出版株式会社

目次

第一章　島の人々の自由

近隣の国々より強大で裕福なラウニオン国。

南に位置する鉱山は主にルビーやエメラルド、北の鉱山は金や銀なども生み出し、非常に恵まれた国である。

首都港町ラーヴァを中心に各国との交易が盛んで、隣町アルジェントには金細工師が多く、採掘されたルビーやエメラルドの加工職人も丁寧な仕事をすることで有名だ。彼らが作る繊細な装飾品は他国でもとても価値があり、高値で売買されている。

そのラーヴァの奥に、目を見張るほどの高さの城壁に囲まれた優美な城がある。レンガ造りの城はたくさんの棟から成り、それぞれの堅固な塔にはラウニオンの国旗が潮風に揺れている。

そこに住まうのは、民から軍神とあがめられている若き王、ユリウス・カルダーラ・ラウニオン三世。彼がこの国を統治していた。

現在二十一歳のユリウスは、十四歳の頃から、この裕福なラウニオンを狙う国との戦いに出ていた。

腰まである艶やかなシルバーブロンド。切れ長の目はエメラルドグリーンで、鼻《び》梁《りょう》はスッと整い、上品な顔立ち。中性的な美しさを持つユリウスだが、幼い頃から剣の鍛錬を受けていた身体は引きしまり、見事なほどの美丈夫だ。

ユリウスが愛馬である白馬に乗れば、敵を一瞬で蹴散らし、勝利をもたらす。齢《よわい》十六歳にしてユリウスはこの国の王となった。

前王だった父はユリウスが十五歳のとき、隣国の間者によって暗殺されてしまい、そのとき一緒にいた王妃も絶息していた。その報復としてユリウスは六万人の兵士たちと敵地に乗り込み、王族を根絶やしにした功績で、ラウニオンの王に相応《ふさわ》しいと誰もが認め、即位したのだ。

現在、ラウニオンに軍神ユリウス王あり、と遠い国までその名を轟《とどろ》かせ、ここ五年間、ラウニオンを狙う国はいない。民衆は彼を賢王として崇敬していた。

ユリウスは信頼している側近しか置かず、自分に取り入ろうとする者をなにより嫌悪している。

まだ妃を娶《めと》っていないユリウスに、娘をぜひ妻に、という隣国の君主や貴族たちからの話はあとを絶たなかった。

ユリウスはキラキラ輝く紺碧《こんぺき》の海を臨める執務室で、ある調査書を読んでいた。その調査書には、十三年前に海に沈んだ帆船のことが書かれてある。

沈没した帆船には、王弟であった叔父《おじ》夫妻と五歳の従妹《いとこ》が乗っていた。

彼の小さな従妹はとても愛らしかった。顎のラインでそろえられたブロンドに、サファイアブルーの大きな瞳。まるで天使のような従妹エレオノーラは、ユリウスだけでなく、城で働く者たちからもとても可愛《かわい》がられていた。そして、彼女は生まれたときからユリウスの許婚《いいなずけ》だった。

そんな特別だった従妹は、本当の天使になってしまった。

王弟一家の乗った帆船は、到着まで五日ほどかかる友好国で行われることになっていた、王の生誕祝いに向かう道中、ひどい嵐に見舞われ、深い海の底へ沈んだ。

もう十三年も前の悲劇だ。当時、帆船を回収しようとあらゆる手を尽くしたが、見つからなかった。友好国の王の生誕七十周年の祝いとあって、帆船はかなりの宝石や金・銀、美しい絹の反物などを積んでいた。海に沈んだ財宝の総額は、小さな国の総資産にも匹敵するほどだ、と調査書にはある。

深いため息をついたユリウスは椅子から立ち上がり、窓辺に近づくと、静かな海へ視線を移した。そこへ執務室の扉が叩《たた》かれる。

「入れ」

入ってきたのは、幼い頃から一緒に過ごしてきたジラルド・モーフィアス。ユリウスと同じ二十一歳で、幼い頃から神童と言われ続けていた彼は、次期宰相として勉強中だ。

「またこの調査書を見ていたんですか」

ジラルドが机の上に置かれた調査書に目をやると、肩までのまっすぐな黒髪がサラッと揺れる。背を向けて立っているユリウスに、彼は小さくため息を漏らした。

いつもこの調査書を見たあと、ユリウスは数分は海を見ながら物思いにふける。当時ユリウスと同じ八歳だったジラルドの記憶にも、この悲劇は深く刻まれている。

帆船が沈んだらしい海域はかなり深いところで、今まで何度も探索隊を出しているが、見つからずじまいだ。

「ジラルド、その先の島で暮らす者たちがいるだろう?」

「はい。そのように報告されています」

帆船が沈んだとされる海域の先に小さな島があり、そこで生活しているラウニオンの民がいる。彼らは魚のように海を泳ぐ、と調査書にあった。

「彼らに調査させてみてはどうだろうか?」

ユリウスは海から視線を外して振り返り、ジラルドの黒い瞳を見つめる。

「海に不慣れな探索隊が潜るよりは、彼らのほうが、はるかに効率がいいですね」

ジラルドは妙案だと大きく頷《うなず》き、再び口を開く。

「沈んだ財宝は一国の総資産と肩を並べるほどですので、他国が嗅ぎつけて探さないとも限りません」

宝石などより、天使になってしまったエレオノーラの痕跡が欲しいユリウスだが、ジラルドの考えは違うようだ。

ユリウスは群青色のマントをひるがえし、もう一度窓の外へ顔を向け、深い藍色の大海原を見つめたまま考え込む。ジラルドはユリウスの一歩後ろに立った。

「確か、あの海域に詳しい男が近衛隊《このえたい》にいたな」

「ジェイデン・バレージ子爵です。海洋警備担当の彼なら適任ですね」

バレージが率いる第二近衛隊は、主にラウニオン国の海域の警備をしている。

ジラルドの提案に、ユリウスは背を向けたまま小さく頷く。

（ジェイデン・バレージか……）

肌の色が浅黒く、気性が荒い男の顔がユリウスの脳裏に浮かぶ。

「ジラルド、この件はお前に任せる。バレージと共に、政務に支障をきたさない程度に動いてほしい」

「御意」

ジラルドに一任したユリウスの頭には、また別の件が浮かんだ。


ラウニオンの領海域、輝くエメラルドグリーンの海にぽっかり浮かんだ島があり、そこで生活する人々がいた。

島に住む彼らは、海中を自由に泳ぎ、町で暮らす人よりも潜水時間が長い。決して文明に劣っているわけではなく、漁で捕った魚を首都港町ラーヴァへ行って売り、服や嗜好品《しこうひん》なども手に入れている。

島に住んでいるのは五十人余り。この生活が好きな者もいれば、成人するとこの島を出て町に住む者もいた。

スラリとした肢体に小麦色の肌の娘が、淡い絹糸のような長いブロンドをなびかせながら、急ぎ足で小屋に入っていく。

「おばあちゃん！」

部屋の片隅で魚の鱗《うろこ》取りをしていた老婆に、その娘は駆け寄る。老婆のそばにドスンと勢いよく座ると、簡素な小屋がミシッときしむ音をたてた。

「ルチア、何度言ったらわかるんだい？　静かに座れと言っているだろうに」

「おばあちゃん！　それどころじゃないわ！　どうして漁に出てはいけないの？」

先ほど男たちと一緒に海に潜ろうとすると、長老に止められ、その理由を聞こうと駆けてきた。長老が『アマンダに聞け』と言ったからだ。

ルチアの祖母、アマンダは鱗取りをする手を止めて、ルチアを見る。生成りの生地は身体の最小限しか隠しておらず、小麦色の腕、長い脚が見えている。アマンダはその姿に目を細めてから、少し置いて口を開いた。

「初潮があっただろう？　お前はもう女になったんだよ。海の神さまは女を嫌う。女が漁をすると魚が捕れなくなるのさ。だから漁には参加できない。何度も言っているだろう？」

ルチアは毎日のように海に入っていたせいか、身体が冷やされ、普通の女性よりもかなり遅い初潮だった。

「あ……」

島の言い伝えを思い出す。

「もうお前は一人前の女だ。身体を露出する服はよくない。長いスカートとブラウスを着なさい。近いうちにジョシュと結婚の話があるだろう」

「ジョシュっ⁉」

ジョシュは十八歳のルチアと同じ年齢で、島民の中ではまあの男前だ。お互いの両親が海で亡くなってから、ジョシュもアマンダに育てられ、兄妹同然に過ごしてきた。そのせいか、ジョシュに対してまったく恋心は湧かない。

「お前に相応しいのはジョシュだよ。ジョシュはお前のことをよくわかっている。お前みたいなじゃじゃ馬、他の男たちは敬遠だ」

実際のところ、日増しに美しくなるルチアは、島の男たちに常に注目されているのだが。

「ジョシュが夫になるなんて、絶対に嫌」

「お前の意見は関係ないさ」

アマンダはそっけなく言うと、鱗取りを再開した。

自分の意見は関係ないと言われ、ルチアは横暴なアマンダに憤りを覚えて家を出た。乱暴に手で払った扉代わりの薄い布が、ひらりと宙を舞う。

（わたしの夫がジョシュ？　絶対に嫌よ。それにまだ誰かと一緒になるつもりなんてないんだから。ジョシュを好きな子もいるのに）

ルチアたちと同い年のエラは、仲のいい女友達。彼女のジョシュへの想いはずっと聞かされていた。エラの想いを裏切ってまで、ジョシュと一緒になりたいなどと思わない。

ルチアは島の北側にある桟橋に向かった。

そこに着くと身軽に駆けて、そのまま海めがけてジャンプする。綺麗《きれい》な放物線の弧を描いて、ルチアのスラリとした肢体が海の中へ消えていく。

両足をそろえたまま、魚のように深く潜って、それから腕でゆっくりと水を掻《か》く。そのたびに長い髪が腕にまとわりついてくる。

水中を泳ぎながら、邪魔になる髪をどうしてまとめてこなかったのだろう、と自分に腹を立てる。

腰より長い髪は生き物のように、ルチアの水中での動きを阻む。とても泳ぎづらく、何百回となく短く切りたいと思っていた。

それを行動に移せないのはアマンダのため。自分のことを、ルチアの亡くなった母と重ね合わせているのを知っているから。ルチアの母も、彼女のように長い髪だった。また、長い髪にもいいところがあった。数年前から、ルチアの身体が少女から女性に変化していくのを隠してくれていた。

ゆっくり泳いでいると、少し先で男たちが魚を追っているのが見えてきた。

（はぁ〜、ここから去らないと……見つかったら長老に叱られちゃう）

向きを変え、漁の場所から素早く離れて自由に泳ぎ始める。そうしているうちに、いつも遊びに来る大きな亀がいつの間にか一緒に泳いでいた。

苛立《いらだ》った気持ちが収まるまで、ルチアはしばらく海の中を探索していた。

海から上がると桟橋の板の上に座り、心地いい疲れを感じていた。濡《ぬ》れた長い髪を絞っているところへ、背後からジョシュの声がした。

「長老から漁を禁止されたんだって？」

「ジョシュ……。うん……」

振り返ったルチアは不機嫌そうな顔で、髪を手で押さえたまま立ち上がった。

生地の少ない衣服から、海水がしたたり落ちる。その姿は小麦色の肌を艶やかに見せて、しばし見とれたジョシュは欲望を感じた。

彼はニヤッと口角を上げる。

「最近、女らしい身体つきになってきたなと思っていたんだ」

濡れた衣服越しに、胸の膨らみをいやらしい視線で見られたルチアはハッとして、手にしていた長い髪の束をバサッと前に垂らす。そしてジョシュのその失礼な視線にムッとして、頬を叩きたくなった。

「いつからそんないやらしい目つきになったの？　ジョシュ」

ルチアに指摘され、彼の頬に赤みが差す。

「お前は俺の妻になるんだろう？　長老が言っていた」

「ならない！　わたしは誰の妻にもならないんだから！」

「ルチア……長老の言葉は絶対なんだよ」

「絶対に嫌よ！　兄妹のように生活しているのに、夫婦になる？　そんなのごめんだわ！」

ルチアの態度が鼻についたのか、ジョシュは日に焼けた手で彼女の両腕をガシッと掴《つか》む。

「ジョシュ！　なにをするの⁉　放して！」

ルチアはいとも簡単に身体を引き寄せられる。体温が感じられるくらいに、ぴたっとくっつく身体。

「拒絶されるなんて意外だったよ。ルチアは俺が好きなのかと思っていた」

離れようともがくルチアに、ジョシュは顔を近づける。

「やめて！　放してよ！　それ以上近づいたらもう絶交だからね！」

　ルチアは顔を背け、足をバタつかせてジョシュの脛《すね》を蹴り続ける。彼女のあまりの激しい抵抗に、桟橋の板が壊れそうだ。

「うっ！　いてっ！　おい、やめろよ！　冗談だよ！　冗談」

　本気でキスしようとしていたジョシュだったが、ルチアのあまりの抵抗に、ごまかすように笑って離れる。

「冗談にもほどがあるんだからっ！」

　突然キスされそうになり驚いた。強く抵抗したものの、内心では怖かった。

「ごめん――」

「きゃっ！」

　ジョシュが謝罪をしたとき、海面が大きく波打ち、足元がぐらっと揺れた。ルチアの身体が前後に揺れ、急いで桟橋の手すりに手を伸ばす。突然の大きな波に、簡易的に作られた桟橋が大きく揺れたのだ。

「大丈夫か？」

　もちろん平気だ。落ちても下は海。

「う、うん……びっくりした。いったいなんなの？」

　そう聞いたとき、原因がわかった。

島をすっぽり呑《の》み込みそうなほど大きな帆船が近づいてくるのが、目に飛び込んできた。

帆には見たこともない獣と旗の絵が描かれてある。みるみるうちに接近してくるそれはまるで悪魔のようで、ルチアは恐怖心を抱いた。船体に【Catalina《カタリナ》】と書かれている。

「ラウニオン国の帆船だ。いったいなんなんだよ！　ルチアは家の中に入ってろ」

「でもっ！」

(国の帆船が来るなんてことは初めて……なにかあるに違いないわ)

恐怖心を抱きながら、興味もあった。これほど大きな帆船を見るのも初めてだった。町へ行ったことのあるジョシュでさえも、この帆船に驚いている。ラーヴァの港に泊まっていた、記憶にある帆船より、さらに大きく思えた。

「お前は女だろ！　島の女目的でやってきたのかもしれない。やつらがなにをしに来たのかわかるまで出てくるなよ！」

ルチアに家へ帰るように言うと、ジョシュは他の家から出てきた男たちと共に、桟橋の先端へ走っていった。

仕方なくルチアが家に帰ると、アマンダが険しい顔で立っていた。

「何事なんだね？」

「わからないの。とても大きな帆船が近づいてきて、男たちはみんな桟橋に行ったわ」

「大きな帆船が？」

アマンダは眉間に皺《しわ》を寄せて、考え込むような表情になる。

「帆船の帆に、見たことがない獣と旗の絵があったの」

印象に残った獣を思い出すと、ルチアは背筋が寒くなる。

「獣に旗ということは、ラウニオン国の船だろう」

「ジョシュもラウニオン国って言っていたわ」

「ああ。この海域もラウニオン国のもの。しかし、いったいなにをしに来たのか」

それからアマンダはルチアに家から出ないよう言い、会話がないままふたりでジョシュの帰りを待った。


なかなかジョシュは戻ってこなかった。ルチアは心配で様子を見に行きたかったが、家を出ようとするとアマンダに止められる。

何度か出ていこうとするルチアに、アマンダもとうとうこめかみに青筋を立てる。

いや、実際は浅黒い老婆の顔に青筋は見えないが、血管がぷっくり浮いているのは見える。

「おばあちゃん！　ジョシュが心配じゃないの？」

「ラウニオンの船がなんの用事で来たか知らんが、こういうときは女が行くものではない」

でもルチアは、兄妹のような間柄のジョシュが心配で仕方がない。

――タッタッタッ……。

軽快に走る音が外から聞こえてきた。

(ジョシュだ！)

アマンダに叱られて部屋の隅にいたルチアは、薄い一枚布の入口を見た。そこへ、ジョシュが姿を見せた。

「ジョシュ！」

ルチアは立ち上がり、彼を迎えた。アマンダも曲がった腰で近づいてくる。

「なんの用だったの？」

「やっぱりラウニオン国の船だった。近衛隊が、十三年前に沈んだ船を探しにやってきたんだ。ばあちゃん！　そんな話、知っているか？」

ジョシュは興奮気味に聞く。アマンダは戸惑ったような表情を一瞬見せたが、厳しい顔になる。

「そ、そんな話知らないね」

「彼らは、俺たちにその船を探させようとしているんだ」

「この近海で見たことがないよ。無駄だよ」

アマンダとジョシュの話を聞きながら、ルチアは瞳を輝かせた。

（沈んだ船を探す？　宝探しをするみたいで楽しそう）

「とにかく、報酬もくれるっていうんだ。俺は沈没船探しの仕事を引き受けた！　町で好きなものを買えるだろう。ルチア、待ってろよ。俺が働いて好きなものを買ってやるからな。それに木材も買わないとな」

ジョシュはルチアが喜ぶものを買ってやりたい気持ちと、老朽化したこの家を直したい気持ちがあった。この島にはたくさんの小屋を補修できるほどの大木がなく、直すには新たな木材が必要だ。そう思ってこの仕事を引き受けたらしい。

「ジョシュ、わたしも潜るわ！」

ルチアは漁を禁止されたこともあり、沈没船探しは退屈しのぎになるだろうとワクワクした。

「ルチア！」

アマンダの驚愕《きょうがく》した声に、ルチアはキョトンとする。

「どうしたの？　漁じゃないから平気なはずよ。それに、報酬がもらえるのでしょう？　暇潰しになるし」

楽しそうな顔で話すルチアに、ジョシュは口を開く。

「いや、お前はダメだ。女や子供がやる仕事じゃない」

「そうさ。お前は行ってはいかん！」

「ジョシュ！　おばあちゃん！」

また女であることが邪魔をする。両手に拳を握って憤るルチアだ。

「わたしは誰よりも長く潜っていられるわ。ジョシュよりも」

「ルチア、今は俺たちに任せてくれ」

ジョシュのこんなに真剣なまなざしは初めて見る。ルチアは渋々頷いた。

このとき、ジョシュやルチアは安易に考えていたのだが、実際は非常に過酷な労働作業になることに、あとになって気づくのだった。


翌朝。暗かった空がうっすらと白み始め、太陽が水平線に姿を見せると、ジョシュは家を出た。他の小屋に住む男たちも同様だ。帆船に向かっている。

波のない静かな海面。帆船は簡素な桟橋にぴったりとつけられている。

ジョシュと同時に家を出たアマンダは、長老の元へ行った。

家から出てはいけないとアマンダに言われていたが、ルチアはひとりになると好奇心が抑えられず抜け出した。

そっと音をたてないように海の中へ飛び込み、帆船の近くまで泳いでいく。島の男たちがちょうど帆船へ乗り込むところだった。ここに住んでいるほとんどの男たちがこの労働に参加し、おそらく島には老人と女子供しか残っていないだろう。

見つからないように海の中で頭だけ出して、桟橋の陰から覗《のぞ》いていたルチアは、帆船に乗り込むみんなの姿を見て、言いようのない不安に駆られた。

そのとき、帆船の上にひとりの男がいることに気づいた。乗り込む島の男たちや集落を見ている。

ルチアは咄嗟《とっさ》に海の中に潜り、その場所から見えない岩陰に隠れた。そうしてもう一度見ると、その男はもういなかった。

大柄な身体に茶色の短髪。一瞬だけ覗いた精悍《せいかん》な顔つきは島の一族の男と違う風貌で、ルチアは見た瞬間、震えが走った。

島の男たちを乗せた帆船は、ゆっくりと動きだす。

そのせいで、考え込んでいたルチアは頭から波を受けて驚いた。大きな波が襲いかかり、桟橋がギシギシと悲鳴を上げている。何回も帆船が行き来したら崩壊してしまいそうだ。

再び帆船のほうを見ると、船体はすでに小さくなっていた。

（どこへ行くのかしら……帆船が向かう方角は危険を伴う海域なのに……まさか、あそこで潜らせるつもりじゃ……）

三年前、ルチアとジョシュの両親が町に出かけた帰りに嵐に遭い、小さな船から投げ出されたのは、人を食うという生き物が住んでいる海域だった。

嵐に見舞われた四人の帰りが遅いことを心配した島の男たちが、探しに出たところ、ジョシュの父親が海に浮かんでいるところを発見された。

片腕と片足がなかったが、助けられたときはまだ意識はあった。恐ろしいサメにやられたことを息も絶え絶え口にすると、ジョシュの父親は亡くなった。ジョシュの母親とルチアの両親は人食いザメに食べられたのだ。それ以来、島の者はその海域に近づかない。

ルチアは過去の嫌なことを思い出し、みんなが心配になった。海から上がり、島の人々が広場と呼んでいる場所へ向かう。

そこでは長老を含めた数人の老人やアマンダらが輪になり、話をしていた。一番初めにルチアに気づいたのはアマンダだ。

「ルチア、家にいろと言っておいただろう！」

濡れているルチアの姿を見て、皺のある顔を思いっきりしかめる。

「みんなはあの海域へ行ったの？」

心配そうな面持ちのルチアは、アマンダから長老へ視線を動かして聞いた。

「いや、その先じゃ。そこなら人食いザメはいない」

「その先……とても深いんじゃ……」

「もちろんそれは承知しておる。しかし協力をしなければ、我々は反逆罪でどんな目に遭うかわからんのだよ。結局男たちは潜らされ、お前たちは近衛隊の慰みものになってしまう。なにもできないわしたちは殺されるだろう」

「ひどい……本当に、断ればそうなってしまうの？」

帆船の甲板に立つ男の顔を思い出した。非情な顔つきで、長老の話は本当なのかもしれないと思わせる男。

「ルチア、お前は近衛隊の目につかないよう家にいるんだ」

長老はいつになく厳しい顔つきだ。

「でも！」

自分だって男たちに交ざり、潜れる。島の誰よりも泳ぎが達者なのだから。

「お前が島の男たちより、長い時間潜れることはわかっておる。だが、お前は女だ。血気盛んな近衛兵の男たちの目にさらしたくない。エラや女たちにはこれから事情を話す」

ルチアに忠告すると長老らは立ち上がり、歩きだした。


その日、帆船は日が暮れかけた頃に戻ってきた。

みんなの帰りを待つルチアは、アマンダのいないときを見計らい、桟橋と家を何度行き来したことか。

「帰ってきたわ！」

帆船を遠くに見つけると、ルチアは明るい声を上げて家に入った。

「ルチア！　出ちゃいけないと何度言ったらわかるんだい!?」

「おばあちゃん！」

「お前は無鉄砲だから心配だよ……わたしは自分の命よりお前が大切だ。お前にもしものことがあったら生きてはおれぬ。お願いだから言うことを聞いてくれ」

　アマンダはルチアの手を両手で包み込むと、哀願する。

「おばあちゃん……」

『わかったわ……』と口を開こうとしたとき、外で足音が聞こえた。いつもの軽快さはない。

　そしてすぐに薄布が捲《めく》られ、ジョシュが入ってきた。

「ジョシュ！　おかえりなさい！」

「ただ……いま……」

　ふらふらと部屋の中へ入ったジョシュは小さく返事をして、膝から崩れるように床に倒れた。

「ジョシュっ⁉」

　ジョシュは、身体を丸めて震えていた。ルチアは彼のそばに膝をつき、額に手を当てた。

「おばあちゃん！　熱があるわ！」

「なんということだ！　お前はジョシュの身体を布で覆いなさい」

　アマンダは急ぎ足で家を出ていった。

ルチアは言われたとおり、家にあるありったけの大きな布を手にして、ジョシュの身体に巻きつける。

(健康で若いジョシュがこんなボロボロの状態になるまで働かされたのなら、他の人たちは……?)

ルチアは過酷な労働を強いた近衛隊に怒りを覚えながらも、どうすることもできずに憤る。

少ししてアマンダが戻ってきた。手に薬草を持っている。

「ルチア、これを煎じてジョシュに飲ませてやりなさい」

「はい」

ルチアは薬草を受け取ると、雨水を溜《た》めた甕《かめ》から水を鍋に汲《く》み、外に出て火を焚《た》き始めた。

「ジョシュは疲れたみんなのために、余計に潜ったらしい」

アマンダが外に出てきて、一緒に潜った男たちから聞いてきた話を教えてくれる。

「……ひどすぎるわ。こんな状態になるまで潜らせるなんて……」

ラウニオン国の帆船に乗っていたあの男に怒りを覚えて、ルチアの手から薬草が落ちる。

「エラの父親も同じ状態らしい。このままでは他の者もいずれは……」

「おばあちゃん！　薬草をジョシュにお願い！　あ、少しもらっていくわね！」

地面に落ちた薬草を拾うと、アマンダの手に持たせ、家を出た。

すっかり日は落ちており、月の明かりだけが頼りで辺りは暗い。しかし慣れているルチアはかまわず走った。

向かう先はエラの家。エラは小柄で、ブロンドを顎のラインでカットした可愛らしい女の子だ。ルチアとエラは姉妹のように仲がいい。エラは守ってあげたくなる雰囲気を持っており、同い年ながらルチアはいつも姉のような気持ちになる。

「エラ！」

苦しそうに眠っている父親を、母親と一緒にただ見ていることしかできないでいたエラに、ルチアは声をかける。

「ルチア！」

「これを煎じておじさんに飲ませて。じゃあ！」

薬草をエラに手渡すと、ジョシュが心配ですぐに引き返す。

エラの家を出て少し行ったところで、走っていたルチアは人にぶつかり、倒れた。

「きゃっ！」

「ここには若い娘も住んでいるのか」

少し驚いたような低い声がルチアの頭上からした。小石が転がる地面に両手をつけた彼女は、ハッとして顔を上げた。

今朝、帆船の甲板にいた男だった。ルチアが地面に手をついているせいか、男はそびえ立つように大きく見える。

「娘！　バレージ子爵だ！　なんという失態を！　すぐに謝れ！」

ルチアとぶつかったバレージのやや後ろにいた側近フェデリコが、一歩前に出て威圧的に怒鳴る。

「す、すみ……申し訳ありません……」

ルチアはバレージの前でひれ伏すように頭を下げた。一方的にぶつかったのは彼女のほうだ。バレージたちのことは気に食わないが、謝るしかない。

バレージはルチアを見下ろす。スラリとした肢体に、腰より長い淡いブロンド。側近が持っているランプの明かりだけの薄暗い場所でも、そこだけが輝いているように見える。

「顔を上げろ。おい！　明かりをもっと近づけろ！」

彼は後ろにいるフェデリコに命令する。

ルチアは仕方なく顔を上げた。急にランプを近づけられ、眩《まぶ》しさに目を瞬《しばた》かせる。

「ほう……美しい娘がこんな島にいたとは……」

バレージはルチアの顔を満足げな顔つきで見て、品定めをしているようだ。

「しかし、肌が焼けているな」

肌の色が黒い、と嫌味を言っているのだろうとルチアは内心ムッとしたが、それを表情には出さないくらいの常識はあった。

ふいに伸びてきた手がルチアの顎を掴み、ぐいっと上を向かされる。

「日の光の下でお前の顔を見てみたいものだ。明日の朝、船へ来い」

尊大すぎる命令口調に、ルチアは返事をしない。

「娘、名はなんという？」

掴まれたままで、プイッと横を向く。そんなルチアの態度を見かねたフェデリコが声を荒らげる。

「女！　態度が悪いぞ！」

「フェデリコ、よい。娘、わかったな？」

ルチアは返事に困っていた。しかし、行くと言わなければどんな目に遭わされるかわからない。冷酷非情な性格が、目の前の男の瞳から窺《うかが》える。

家でおとなしくしていろとアマンダに言われていたのに、見られてはいけない男に見つかってしまい、悔やむばかりだ。

「……は……い」

ルチアの顎を掴んでいたバレージの指が外された。首の痛みに顔をしかめそうになるが、ルチアは堪《こら》える。

バレージはルチアの麦の穂のような色彩の髪に一度触れると、立ち去った。

彼らが闇に消えると、ルチアはとぼとぼと迷いのある足取りでアマンダの待つ家に戻った。一枚布をそっと手で押し上げ、中に足を踏み入れた途端、ジョシュのそばにいたアマンダが振り向いた。

「遅かったじゃないか」

それほど時間は経っていないのだが、心配で仕方なかったアマンダには時間の流れが遅く感じられたのだ。

「そう？　そんなことないよ。エラにも薬草をあげてきたわ」

不自然にならないようにそう言った。そして棚から大きな綿布を持ってきて、ジョシュから少し離れたところで横になる。

ルチアはアマンダにバレージの話をすることができなかった。話せば心配をかけてしまうだろう。あの帆船に乗っている近衛兵たちが、島の若い女たちを慰みものにしてしまう……そんな恐ろしい考えをアマンダや長老が持っているからだ。

島の若い女たちを慰みものにしてしまう——その言葉の意味するところがルチアにはよくわかっていなかったが。

ルチアはその夜、これからの島民の生活は無事か、どうしてバレージが明朝来るように言ったのか、自分が明日どうなるのかなどを考え、なかなか寝つけなかった。寝返りを打てば床がミシリときしみ、寝つきの悪いアマンダに迷惑をかけてしまう。そう思うと、身体が金縛りにでも遭ったかのように動かせなくなった。

ジョシュは明日一日休ませれば体調は回復するだろう、とアマンダは言っていた。しかし、また過酷な潜りをすれば身体を壊すことは目に見えている。それは一緒に潜る島民すべてに言えることだった。

眠ったのはほんの二時間ほど。静かな水平線に太陽が少し顔を出し始めると、ルチアは寝床から抜け出した。

ふたりを起こさないように、手首まで隠れるシャツと長めのスカートを身につける。

これからあの男のいる帆船に行かなくてはならないことを考え、母親の服を着た。大きめのサイズの服で、身体の線を隠したかったからだ。ルチアの母はいつもこのような格好をしていた。

ジョシュに飲ませる薬湯を外で作るために、小さな鍋を持って出入口の布を押し上げた。

「ルチア……」

小声でジョシュに呼ばれたルチアは、ギクッと肩を跳ねさせ、布を上げたまま振り返る。

ジョシュの瞳は、いつものような精気に満ち溢《あふ》れたものではない。どこかぼんやりした表情だ。

「おはよう。具合はどう？　今、薬草を煎じてくるね」

「悪いな……」

申し訳なさそうなジョシュに微笑《ほほえ》んで、ルチアは外へ出た。

小屋の前でも火は使えるが、気持ちが落ち着かなくて、島の人々が共同で使用する料理場にやってきた。

雨水の溜まった甕から、持っていた鍋に水を汲み、火種を復活させて鍋を置く。

煮立つのを待っている間、木の手すりに腕をもたせかけ、ゆっくりと昇る太陽を眺めていると背後で足音がした。

「ルチア、おはよう」

小さな声が聞こえる。エラだ。彼女も鍋を持っている。

「おはよう、エラ。おじさんの具合はどう？」

エラは浮かない顔になって、首を横に振る。

「熱が出てきたの」

「薬草が効かないのかも……誰か他の薬草を持っていないか聞いてみるわね」

エラは人見知りがひどい。島にずっと住んでいるのだが、いまだに身近な人としか打ち解けていない。

「ありがとう、ルチア。ジョシュの熱は下がった？」

「熱はなさそうだけど、数日間は動くのは無理だと思うわ」

「そっか……心配……」

異性としてジョシュを好きな彼女は、顔を曇らせる。

「大丈夫よ。すぐによくなるわ」

エラはコクリと頷く。そのとき、ルチアがいつもの服装でないことに気づいた。

「ルチア？　今日は服が違うんだね？」

「え？　あ、うん」

そのとき、火にかけていた鍋がプシューッと音をたてて吹きこぼれそうになった。

「あ！」

ルチアは駆け寄り、急いで鍋の取っ手を持ち上げた。

「あつっ！」

地面に鍋を置き、火傷《やけど》しそうになった手のひらをパタパタさせる。

鼻を閉じたくなるくらいの強烈なにおいに、エラは顔をしかめながら、鍋の中の茶色い液体を見る。

「ルチア、火傷しなかった？　鍋の中身は無事よ」

「うん。ちょっと熱かっただけだから」

「よかった……。ねえ、ルチア……この先、ここはどうなっちゃうの？　このままじゃみんな、倒れちゃうよね？　いくら賃金をもらえるからって……」

不安で瞳を曇らすエラに、ルチアは答えられなかった。自分たちの命はバレージにかかっている、と言っても過言ではない気がしたのだ。

（ううん、違う。あの男は近衛隊で一番偉いだけ。この命令をしているのは……ラウニオンの国王……）

心の中で、憎しみがふつふつと湧き出てくるのを感じていた。

「じゃあ、エラ。またね！」

薬草を煎じ始めたエラに声をかけると、小屋へ戻った。


ジョシュに薬湯を飲ませたルチアは、バレージのいる帆船・カタリナ号へ向かった。

階段に警備の男がふたり立っていたが、ルチアのことを聞いていたらしく、上がるように言われる。

階段を踏みしめる足が、かすかに震えている。

（大丈夫！　取って食われたりしないんだから）

上りきり、簡素なサンダルで甲板の上に立つ。

「ほう……やはり昨日は見間違いじゃなかったんだな」

バレージが向こうからゆっくり歩いてくる、近づく厳《いか》つい顔と濃紺色の軍服に、虚勢を張っていたルチアはひるみそうになる。

「お前ほど美しい娘が、なぜこんなところに留まっている？」

（わたしが美しい？）

日焼けして、長い髪以外は男の子っぽく、自分が美しいとは思えないルチアは耳を疑った。

「口がきけなくなったのか？」

「そんなの、決まりきっています。ここに家族がいるからです」

「お前が町で働けば……いや、貴族の愛人になれば、こんなみすぼらしい格好をしなくて済むぞ。どうだ？　世話をしてやろうか？」

（どういうこと？　この男はわたしを貴族に売ろうとしているの？）

腹を立てるが、ここで逆らえばどうなるかわからない。ぎゅっと下唇を噛《か》み、怒りを堪える。

「どうだ？　お前のような素晴らしい容姿の者は、貴族がこぞって欲しがるだろう」

「……わたしはここの生活で満足しています」

「ほう……つまらぬ男しかいないこの場所が、気に入っていると？」

バレージは楽しそうに口元を歪《ゆが》め、ルチアの姿に上から下までゆっくりと視線を走らせる。

「男の人は関係ありません」

身の毛がよだつ視線を無視し、ルチアは言いきる。

「バカな娘だ」

人を見下げる言葉に再び腹を立てるルチアだが、相手の挑発にのってしまえば、なにが起こるかわからない。胸に留まっている視線から身を隠すように、長い髪を梳《と》かすフリをして前に垂らす。

彼女の考えていることがわかっているのか、バレージは鼻で笑う。

「見事な髪だな。都へ行けば、大金を払ってでも手に入れたいと思う殿方が現れるぞ」

「……お願いがございます」

ルチアは海のような色のサファイアブルーの瞳を、そっとバレージに向けた。話を変えたくて下手に出ることにしたのだ。

「なんだ？　願いとは？」

浅黒い肌によく合う褐色の瞳と、少し潤《うる》ませた瞳の視線が絡む。

「わたしを、みんなと一緒に潜らせていただきたいのです」

「お前が潜る？」

呆気《あっけ》に取られたように、バレージの口元がポカンと開く。

「はい。わたしも長く潜っていられます。どうかお願いします」

ルチアは頭を下げる。

「大変な労働だぞ？」

「もちろん承知しております」

「くっくっくっ。お前は愉快な女だな。いいだろう、今日からお前も潜るがいい」

「ありがとうございます」

もう行くように、と手で追いはらわれるようにされ、一礼するとその場を去った。

帆船から見えないところまで行くと、緊張してこわばらせていた肩の力をホッと緩ませた。


家に戻ると、横になっていたジョシュが心配そうな顔で身体を起こす。アマンダはいなかった。

「ルチア、どこへ行っていたんだ？」

「ジョシュ、わたしも今日から潜ることになったわ」

そう言って、引き出しから服を出し、ジョシュから見えないように仕切り代わりの布の向こうへ行く。

「潜るって、どういうことだよ！」

布の向こうで、彼の苛立った声が聞こえる。

「だって、ここで一番深く、長く潜っていられるのはわたしよ？　わたしなら船を見つけられると思うの」

ジョシュの剣幕にもかまわず、ルチアは着替えながらのんびりした声で言う。

「ルチア！　ばあさんが悲しむぞ。それに海の神さまの怒りに触れたら、どうなると思っている？」

「そんなの迷信よ。あのバレージっていう子爵に言われたんだから、海に潜るわ」

実際はルチアから頼んだのだが、そんなことは口が裂けても言えない。

「くそっ！　俺も行くぞ！」

布の向こうで悪態をつくジョシュだ。

「ジョシュは無理よ！　今日は身体を休ませて」

ルチアは泳ぎに向いている短めのぴったりしたスカートと、こげ茶色のシャツ姿で、ジョシュの前に出た。今までも泳ぐときに着ていたものだ。

短いスカートを穿《は》いたルチアの長い脚を目《ま》の当たりにして、ジョシュは急いで視線を逸らす。それから思いついたように再び瞳を向けると、ルチアが持っている、今まで穿いていた長い綿のスカートをひったくるようにして取り上げる。

「これも穿いていけよ。その姿じゃ、近衛隊のやつらのいい目の保養だ」

ぶっきらぼうに言ってから、ルチアの胸にスカートを押しつけた。

「もちろん」

ルチアは急いで、今の短いスカートの上に重ねて身につけると出口に向かう。だが思い出したように足を止め、振り返る。

「あ、おばあちゃんには、心配ないからって言っておいてね」

ジョシュの返事を聞かないまま、家を出た。

今日もユリウスの執務室には、開け放たれた窓に海からの風が入ってくる。潮風は心地よく、懐かしい思い出を運んでくる。

書類に目を走らせていたユリウスだったが、扉が叩かれる音で集中力がふっと途切れた。

「入れ」

さまざまな大きさの書類を小脇に抱えたジラルドが入ってきた。その書類はユリウスの執務机の端に積まれる。

「早朝からよく働きますね、我が国王は」

「お前が次から次へと書類を持ってくるからだ」

目に疲れを感じ、ユリウスは指先で瞼《まぶた》を揉《も》みほぐすように動かす。

「探索隊からなにか連絡はないか？」

「はい。広い海ですから、そう簡単には見つからないでしょう」

「……わたしが探索隊の元へ行く。明日出発だ」

「ユリウスさまが海に出られるとは、珍しいですね」

ジラルドは『おや？』というふうに、片方の眉を上げる。

「大臣たちが、妃を娶れとうるさい」

ユリウスの顔が苦々しく若干歪む。

「お疲れのようですね。海に出て休養をお取りになられるのが一番です。そのように手配しておきます」

憂いのある横顔を見つめてから、ジラルドは頭を下げて執務室を出た。


ルチアはこんなに薄暗くて深い海に初めて潜った。

最初は太陽の光が水に反射し、キラキラと幻想的な表情を見せていた。下に向かって泳ぐにつれ、光がうっすら届く程度になる。

到底、息は長く続くものではない。最初のうちは底が見えないまま海面へ顔を出す。

それを繰り返し行うことにより、ルチアは呼吸のコツを身につけた。

透明からグリーン、藍色になり、さらにそのあとの暗い色は恐怖を感じる。それは孤独で、まわりで潜る男たちの気配すらわからなくなるほどだ。そして深くなるにつれ、水が冷たくなる。

(っ……はぁ……息が苦しい……こんなことをジョシュたちはやっていたなんて……)

過酷な労働だ。男たちは次々と海面に顔を出してはまた潜っていく。それを十回も繰り返せば、たちまち体力が失われるどころか、体温までも下がる。

その場所に船が沈んでいないとわかれば、帆船に乗って別の場所へ移動する。


半日が経つ頃には、ルチアの体力はかなり低下していた。しかし、潜らせてくれと言ったのは自分。弱音など吐いていられない。

探索隊の乗った小さな船が五艘《そう》、海面に浮いている。海中から浮上するときは、その船を目安にする。

あと二時間くらいで太陽が沈む時刻。ルチアは海面へゆっくり浮上し、船のへりに手をかけた。いつもなら自分で船に上がらなければならないのだが、ふいに腕が引っ張られ、痛みと共に身体が持ち上げられた。

「きゃっ！」

ドサッ、と船底に身体が沈む。

「娘、体力の限界だろう？」

バレージだった。

「ここにいるのは、あとどのくらいですか？」

「まだ潜るつもりか？　もうやめておけ」

バレージは、濡れて濃くなったルチアのブロンドを見下ろす。

ルチアは顔を起こして、辺りを見回した。男たちは小さい船でルチアのように休む者もいれば、海面に顔だけ出し、ぷかぷかと浮いている者もいる。沈んだ船はまだまだ見つかる気がしない。

（休めるときに休もう……）

バレージに頭を下げると、ルチアは船の隅に行き、膝を抱えて座った。

帆船がジョシュの目に小さく見えてきた。潜りに行ったルチアが心配で、休むどころではなかった。

「ジョシュ……」

遠くの帆船を見つめていたジョシュの耳に、エラの声が聞こえてきた。

「エラ、おじさんの具合は？」

「うん。熱はあるけど平気そう。ジョシュはまだ起きちゃダメなんじゃないの？」

「ルチアが過酷な労働をしているのに、寝てられねえよ」

エラと話しながらも、近づいてくる帆船から目を離せないようだ。エラはそんなジョシュに寂しそうな瞳を向ける。

「あぁ……あんな過酷な労働、やっぱりやめさせればよかったとずっと後悔していたんだ。俺も行けばよかったってな」

「……そうだね」

エラもルチアが気がかりだ。しかし、ジョシュがルチアを心配するのには恋心も窺える。ジョシュが好きなエラは、そんな彼を見て胸が痛んだ。

とはいえ、ルチアがジョシュを異性として見ていないことはわかっている。だから、一緒に住む彼らにさほど嫉妬せずに済ませられるのだ。

あと一時間ほどで日が沈む頃、帆船が戻ってきた。

ジョシュは甲板に淡いブロンドを探す。手すりにもたれるようにして立っているルチアを見つけ、ホッと胸を撫《な》で下ろした。

「ルチア、元気そうだね」

彼女の姿を確認したエラが言う。

「ああ。元気っていうわけじゃないと思うけどな。あの過酷な労働をして元気でいられたら、ルチアは化け物だよ」

甲板から疲れきった男たちが次々と階段を下りてくる。誰もが顔色が悪い。最後に下りてきたルチアはふたりの前に立った。

「ルチア！　今にも倒れそうじゃないか」

ジョシュはルチアの腕を掴む。彼女の顔は青ざめていて、唇が紫色に近い。

「疲れているだけよ……」

ルチアは安心させるように笑みを浮かべると、家に向かって歩きだした。心配そうに見ているエラやジョシュにかまっていられないくらいに疲れていた。

（早く眠りたい……）

島に戻る間も甲板でうとうとしたが、横になって泥のように寝てしまいたかった。

ルチアのあとをジョシュがついてくるが、疲れすぎて話したくない気持ちがわかる彼は黙ったままだ。

家へ入ると、ルチアが海へ潜りに行ったことを知ったアマンダが、薬湯を作って待っていた。明らかにしかめっ面で、ルチアに怒っているのがわかる。

「おばあちゃん、小言はあとで聞くわ。今は眠らせて」

ルチアは部屋の隅に腰を落ち着ける。

「ルチア、これを飲めよ。疲れが取れるはずだから」

「ありがとう。ジョシュはよくなった？」

「ああ、俺はもう動けるようになった。ほら」

ジョシュに強烈なにおいのする液体の入った容器を差し出され、ルチアは顔をしかめながら受け取る。

飲みたくないところだが、飲まなければ明日がつらくなる。もしかしたら朝、起きられないかもしれない。鼻をつまんで薬湯を喉に流し込み、身体を丸めて横になった。

（……沈んだ船が見つかるまで潜らせる気なのだろうか。何日もこんなことを続けていたら、わたしも島の人たちも身体を壊してしまう。潜らせてと言ったのはわたしだけれど……）

ルチアが物事を考えていられたのはそこまでで、すぐにスーッと眠りに落ちた。

翌日も早朝から、昨日とは別の海域で沈んだ船を探す労働が始まった。ジョシュの体調も完全ではないが回復し、今日から働く。

「ルチア、無理するなよ」

「ジョシュこそ。じゃあね！」

ルチアは小船の上から海へ飛び込んだ。ジョシュは彼女が飛び込んだ反対側から海へ飛び込み、深く潜る。

島の男たちもあちこちに散らばり、沈んだ船を探しに潜り始めた。その様子をカタリナ号の甲板から見ているバレージ。

そこへ部下がやってきて、バレージに手紙を渡す。内容はユリウス国王がやってくる連絡だった。混乱を招きたくなく、ユリウスの身分は隠すようにとのことだ。『アドリアーノ候』と呼ぶように、とも書かれてあった。

バレージが手紙を読み終わったとき、ルチアが海面に浮いてきた。

「あの娘は根性があるようだな」

昨日の様子では、今日は休むだろうとバレージは思っていた。ルチアの顔色が悪いのが見て取れる。今日は二十人いる男のうち五人が休んでいる。

ユリウス国王は結果を待ちきれず来るに違いない。いい知らせを報告したいバレージは、島民たちに今日も過酷な労働をさせようとしていた。

カタリナ号で昼に出される食事は、島で食べられない豪華なものだった。だが、こってりしている肉類が多く、疲れ果てているルチアの口には合わない。

「ルチア、しっかり食べろよ」

肉の塊を突っつくルチアを見て、ジョシュが言う。

「ん……」

しっかり食べなければ体力がもたないことは、ルチアにもわかっている。ただ、今は食べるより眠りたい。

ジョシュに丸いパンを差し出され、仕方なく受け取る。

「もしかして、具合が悪いんじゃないか？」

「そんなことないわ」

ジョシュに心配をかけまいと、パンをちぎって口に入れた。

食べながらまわりを見る。長テーブルに座るのは島の男ばかりで、滅多に食べられないごちそうをガツガツ食べていた。ほどよく食べるにはいいが、食べすぎると午後からの潜水に支障をきたす。深く潜ると胃が外から圧迫されて、吐き気をもよおすだろう。ルチアは彼らが心配だった。

　この労働は賃金をもらえるとはいえ、強制されているようなもの。どうしたらこの労働で身体を壊さずに済むのか考えていた。


　結局、沈んだ船は今日も見つからなかった。

　帆船が島に近づくと、バレージが慌てたように甲板へ出てきた。うとうとしていたルチアはその足音に顔を上げて立ち上がり、彼が見ている方向を眺める。すると、そこに優美な小型の帆船が停泊していた。

　小型の帆船といっても、国王の専用船。召使いや船員などが寝る部屋もあり、それなりに大きく豪華な内装だ。

（あれは……？）

　旗はラウニオン国のものだ。またバレージのような人間がやってきたのだろうか、とルチアは愕然とする。隣にいるジョシュも困惑した表情で優々たる帆船を見ていた。

　ルチアたちを乗せた帆船が泊まると、バレージは急ぎ足で側近と共に隣の帆船に向かう。労働した男たちは、疲れきった身体をようやく動かすといった動作で下船する。

　停泊していた帆船に大急ぎで向かうバレージを、ルチアは目で追った。

（いつも尊大なバレージが落ち着きをなくしている……彼よりもっと位の高い人間が乗っているの？）

「ルチア？」

全員が降りたあともまだ突っ立ったままのルチアに、ジョシュが声をかける。

「え？　……あ、降りなきゃね」

階段に足を踏み出したルチアは、バレージが急いで向かった帆船に乗っている人物のことを考えていた。

（バレージよりも偉い人ならば、わたしの話を聞いてくれて、わかってもらえるかもしれない）

少し明るい気分で、アマンダの待つ家へ向かった。

家の前ではエラが待っていた。

「ジョシュ！　ルチア！」

彼女はふたりに笑顔で近づいてくる。

「お疲れさま。身体はどう？」

クリッとした目をジョシュに向けるエラは、彼の全身を確かめるように見る。

「平気だよ。それより、もうおじさんも戻っているぞ」

「うん。でも、ジョシュとルチアが心配で……」

ジョシュは笑顔を見せる。

「俺たちは大丈夫だから、おじさんの世話をしろよ」

ジョシュの『俺たち』の言葉にエラは一瞬苦い顔になり、ルチアへ視線を移す。

「ルチア、あとで話があるの。いい？」

「夕食を食べてから少しだけなら。明日もあるから早く寝たいの」

「うん。じゃあ、あとでね」

エラの話というのはジョシュのことに違いない、とルチアは考えながら、小屋の入口の布を開けた。

「おばあちゃん、ただいま！」

アマンダにはなるべく心配をかけたくなくて、明るく中へ入った。

今朝、労働に行く前に、ルチアはどうして潜ることになったのか簡単に話していた。炊事場へ行ったときにバレージに会ってしまい、彼が誰かに自分のことを聞いたようで、潜るように命令されたと嘘をついた。それをアマンダは信じている。本当はルチアが心配で潜りに行かせたくないが、命令とあれば従わざるを得ない。

「おかえり。疲れただろう」

アマンダは昨日と同じように薬草を煎じて、ふたりに飲ませようと待っていた。

「おばあちゃん、ありがとう。いただきます」

「お腹が空いただろう。夕食の用意はできているよ」

魚を焼いただけの質素な夕食だが、重労働をしてきたふたりにはそれがちょうどよかった。


夕食を食べ終えると、ルチアは外へ出た。ジョシュもついてこようとしたが、女ふたりだけの話だと言って留まらせた。

満月の月明かりが照らす海はとても綺麗で、ルチアが好きな景色だ。いつもふたりが会うのは島の端のほうで、先に到着していたルチアは小さな岩に座り、足を海面に浸して待っていた。

数分後、エラがやってきた。

「ルチア」

浮かない顔をしているエラは、ルチアの横に座る。

「どうしたの？　エラ」

「お願い。ジョシュを取らないで」

　家まで帰ってくるルチアとジョシュを目にしたエラは、まるで夫婦のような彼らに嫉妬していた。

「もちろんよ。ジョシュを取るとか取らないの問題じゃなくて、わたしは彼を家族として好きなだけ。だから安心して」

「ご、ごめんなさい。ルチア……あなたの気持ちはわかっているけれど、ジョシュは……」

　エラはシュンとして俯《うつむ》く。

「今、ジョシュは潜るのがきつくて大変で、恋愛のことは考えられないと思うの。もう少し待ってあげて」

「うん。わたしが悪かったわ。不安になって……わたしも深く潜ることができたら手伝えるのに……」

　ルチアは膝の上に置いたエラの手に、自分の手を重ねる。

「あなたには大変な思いはさせたくないわ。じゃ、もう行くね」

　そう言って立ち上がると、海の中へ飛び込んだ。

「ルチア！　疲れているのにっ！」

「だって、友達が待っていたから。じゃあね！　エラ」

海の中からひょこっと顔を出したルチアは、呆気に取られているエラに手を振ると、すぐそばにいるイルカに近づく。

可愛い目のイルカは三年前からこの辺りにおり、今ではルチアと仲のいい友達だ。ベニートという名前もつけている。

疲れているが、ベニートと一緒に泳ぐのは別だ。ルチアはベニートの背びれに掴まり、勢いよく水を切ったり、じゃれ合うように泳いだりするのが好きだった。

ベニートと遊んでいるうちに、いつの間にか小型の帆船の近くまで来てしまった。

海面から顔を出し、帆船を眺める。

（どうか、バレージより偉くて、話がわかる人でありますように）

下では近衛兵がふたり立っているが、甲板に吊《つ》るされたところどころのランプの明かり以外は人影もなく、豪奢《ごうしゃ》な帆船は静まり返っている。

「ベニート、もう戻らなきゃ」

自分のまわりを元気よく回っているベニートにそう告げると、桟橋近くの岸を目指して再び泳いだ。

＊　＊　＊

その帆船の甲板に誰もいないと思っていたルチアだったが、ひとりの青年がいた。ラウニオン国のユリウス王だ。

海からパシャンと音がして、気持ちのいい夜風に当たっていたユリウスはその方向を見る。次の瞬間、切れ長の双眸《そうぼう》が大きく見開いた。月明かりに照らされた淡いブロンドの娘に目を見張る。

長く淡いブロンドを緩やかな海面になびかせ、イルカと一緒にたわむれるように泳ぐ姿は、まるで伝説の人魚のようだ。

（人魚!? まさか……）

魚のように泳ぎ、波間に漂う姿はとても美しく、帆船から身を乗り出すようにして彼女を視線で追うユリウス。

海面に顔を出し、イルカの鼻先にキスをして微笑む娘から目が離せなかった。

「ベニート、もう戻らなきゃ」

透き通るような声が聞こえてきた。そしてイルカは沖へ、娘は桟橋近くの岸に向かって泳ぎ始めた。

岸に上がった娘に、ちゃんと脚はあった。スラリとした肢体にまとわりつくスカートの海水を絞っている。

彼女は人間だとわかったが、その美しい立ち姿にユリウスは雷に打たれたような衝撃を受けた。

「なんて美しいんだ……」

ユリウスの口から感嘆のため息が漏れる。

長いブロンドに含んだ海水を乾かそうと、布を絞るみたいに彼女は手を動かす。ユリウスの知っている貴族の女性たちはそんなことはしない。粗野な所作だが、ユリウスは不思議と惹《ひ》かれ、食い入るように見ていた。

見つめているうちに、娘は去っていった。

甲板から船内へ戻ったユリウスに、ジラルドは温かい紅茶を用意し、テーブルの上に置いた。

「どうかしたのですか？　幽霊でも見たようなお顔をされていますよ？」

ソファに腰かけるユリウスの様子に首を傾《かし》げる。

「今、わたしは人魚を見たようだ」

「人魚……ですか？　この美しい海域ならば人魚もいそうですが、あれは伝説に過ぎませんよ」

「確かに……まるで彼女は人魚のような美しさだった、と言ったほうが相応しいな」

伝説では、人魚は男を美しい姿で惑わすと言われている。

「ユリウスさまがそこまでおっしゃるとは……わたしも見てみたいものです」

この目で見たはずだが、ユリウスの脳裏にはふと、娘は幻だったのではないかという考えがよぎる。美しい夜に想像力が単に働いただけ。自分の理想の女性像を海に映したのではないだろうか、と。

バレージからの報告は気落ちするものだった。潜水調査をし始めてまだ数日しか経っていない。そうやすやすと沈んだ船が見つからないのはわかっているが、今度こそは……と期待してしまっていた。

エレオノーラが生きていれば、先ほど海で見た彼女と同じくらいの年齢かもしれないと、彼女の姿にエレオノーラが重なる。

ユリウスは薫り高い紅茶をひと口飲むと、この海域の地図へと視線を移した。

第二章　恋する人魚

翌日も、潜る人々にとってきつい日だった。一日一日、体力の減りが早くなっていく。その様子がバレージにもありありとわかっているはずだが、潜るのを中断しようとしない。

ルチアは、昨日やってきた人物になんとか会って話をしなければ……と考えながら潜っていく。

海の青い色がだんだんと濃くなり、なにか塊のようなものを見た。そこで息が続かなくなり、浮上する。

「っ……はぁ……はぁ……」

「ルチア！　遅かったから心配したぞ」

船で休んでいたジョシュが、海面に顔を出し、泳いで近づいてきたルチアを引き上げる。

船底にペタンと座って荒い息をつき、ぐったりしているルチアに、ジョシュは瓶に入った水を飲ませた。塩辛い海ではすぐに喉が渇いてしまう。

「顔色が悪い」

「だ、大丈夫……潜らなきゃ……」

「今日は無理だ。体調が悪そうだぞ」

「ジョシュ、わたしが出てきたところをもう一度潜ってきて」

ここを離れたら、塊がただの岩なのか、探している沈没船なのかわからなくなる。

「わかった。いいな？　休んでろよ」

ジョシュはルチアが顔を出した場所へ飛び込むと、海の中へ消えていく。

（もしもあれが沈没船だったら、みんなが楽になる）

ルチアはジョシュが上がってくるのを待ち、まんじりともせず海面を見つめていた。

彼が海面に浮かんで、船に近づいてくる。

「どうだったっ⁉」

ジョシュは船に上がると、疲れたように首を横に振った。

「巨大な岩みたいだった……」

ルチアの希望が一瞬にして消え、がっかりする。

「残念……」

「仕方ないさ」

散らばった小さな船が帆船に集まっていく。島の男たちが帆船に乗り込むと、乗っていた船がそれぞれ上げられ、きちんと船体の横に収まる。

バレージが、疲れきっているみんなの元へつかつかとやってきた。今日も成果を上げられなかったと苛立っている。

冷たい視線を、座り込んでいるひとりひとりに送ると、踵《きびす》を返して船内へ消えていった。ひどい言葉や暴力を振るわれず、そこにいた人々はホッと安堵《あんど》した。

そのまま島へ戻ると、昨日やってきた豪奢な帆船はまだ停泊していた。

（どうにかして位の高い人に会わないと……）

ルチアは優美な帆船を眺めながら、早く交渉しなければと焦っていた。


「どこへ行くんだい？」

夕食後、家を出ようとするルチアにアマンダが声をかける。

「まだ眠れないから、ちょっとだけ散歩に……」

「俺も行くよ」

ジョシュが付き合おうと立ち上がるが、ルチアは首を横に振る。

「ひとりで考えたいことがあるから」

そう言って家を出た。

ルチアが向かっている先は、あとからやってきた帆船だ。

(会えるかしら……もし会えたら、バレージのように怖い人じゃないといい……)

優美な帆船の前に立ったとき、昨日立っていた近衛兵は見当たらなかった。

そのとき、誰かが海に飛び込んだような大きな音がして、ルチアは帆船の先端のほうへ走った。

海に目を凝らすと、誰かが溺れている。月明かりだけだが、見事なシルバーブロンドの髪が見える。

ルチアは海に飛び込み、手足をバタつかせている人物に向かって水を掻く。すぐそこまで来ると、溺れていたのは見たことがないほど美麗な青年だった。

彼のエメラルドグリーンの瞳と目が合った瞬間、落雷に遭ったような衝撃を受けた。

「うっ……」

彼が海の底へ沈んでいく。ルチアは彼を追って潜った。彼が伸ばす手を掴み、浮上しようと海面に向かって懸命に泳ぐ。

ふたりの頭が海上に出ると、桟橋に向かって泳ぎ、板に彼の身体を押し上げる。

「しっかり！」

彼を板の上に乗せて呼びかけた。そして自分も上がろうとしたとき、右足のふくらはぎが激しく攣《つ》った。

「いっ……た……」

ふくらはぎの痛みに身体が縮こまる。板に手をかけていたルチアは、そのまま海の中へ落ちた。

「君っ⁉」

ルチアに助けられた青年は、沈んでいく娘に驚き、もう一度海へ飛び込んだ。

疲労が限界にきていたルチアの身体はまるで鉛がついたように重く、どんどん沈んでいく。

（苦しい……）

そのとき、腰が強い腕に抱かれた。

（誰……？　ジョシュ？　違う……さっきの……）

自分の身体に腕を回しているのは、さっき助けた青年だ、と思ったところで、ルチアは意識を手放した。

桟橋にルチアの身体を横たえ、ユリウスは青紫になっている唇に自らの唇を重ねると、息を吹き込む。

「大丈夫か⁉」

ルチアは胸を何度も圧迫され、唇からなにかが吹き込まれるのを感じて、意識を取り戻した。

「ゴホッ、ゴホッ……」

ルチアの口から海水が出てくる。

「わたし……」

朦朧《もうろう》としながらうっすらと瞼を開けると、美しいエメラルドグリーンの瞳と目が合った。しかし、また意識が遠のいていく。

「君っ！」

ユリウスは気を失ったルチアの身体を抱き上げると、帆船に向かった。

「ユリウスさま、いったい……」

ぐったりと意識のない娘を抱きかかえ、甲板に横たえる。ふたりともぐっしょり濡れており、ジラルドは驚くばかりだ。

「アローラを呼べ。それと他の者に風呂を用意させろ」

この調査には、侍女頭であるアローラを乗船させていた。ジラルドはアローラを呼び、他の召使いにも指示を出した。

この帆船で唯一風呂に入れるのは、ユリウスとジラルドだけだ。他の者は布で身体を拭《ふ》いている。

「ジラルド、ドナートを呼べ」

ドナートというのは医師で、国王の専用船には、万が一に備えいつも乗船している。

ユリウスは意識のないルチアを抱え、浴室へ運ぶ。

アローラと男の召使いたちが浴槽へ湯を張っており、まだ半分も入っていないが、娘の身体が冷えきっているのを感じていたユリウスは服を着たまま風呂に入れさせた。

召使いたちはいそいそと、湯がいっぱいになるまで注ぎ足す。

「あとはお前が娘の身体を温めてくれ」

「かしこまりました」

四十代のアローラは丁寧に頭を下げ、ユリウスが出ていくとルチアの服を脱がし始めた。

（なんだろう……温かくて……気持ちいい……）

ルチアはこの気持ちいい感覚に身を任せていたが、次の瞬間にハッとして、目を開けた。

「気がつきましたか」

ルチアを覗き込むようにして見ていたアローラは、意識が戻った娘に安堵する。

「わたしっ⁉」

ガバッと身体を起こすと、自分が裸だということに気づき、ルチアは小さな悲鳴を上げる。

「ど、どういうことなんですか⁉」

「アドリアーノ候の命令ですから」

屈《かが》んでいたアローラは立ち上がり、後ろを向くと大きな布を手にする。

「アドリアーノ候……？」

（あの人の名前……？）

海に沈んでいく、銀色の髪をした美しい青年を思い浮かべた。

「ここは……あとから島に来た船の中ですか？」

「そうです。こちらに出てください」

アローラは布を開いて待っている。

「じ、自分でできます」

裸体を見られてしまってはいるが、堂々と立ち上がるのは恥ずかしい。

「早くしてください。湯が冷めてしまいます」

アローラが静かな声で言うと、ルチアは小さく頷き、渋々立ち上がった。ルチアの身体は手早く布でくるまれ、水滴を拭《ぬぐ》われていく。

(もしかしたら、そのアドリアーノ候という人に会える……?)

ここまで世話を焼いてくれたのだから、もしかしたら話を聞いてもらえるのではないかと期待する。

「服はわたしのもので我慢してください。直接身につけるものは新しいものなので、気にしないでくださいね」

アローラが生成りのブラウスと、茶色の長いスカートを差し出す。

「あなたの名前は……?」

「わたしはアローラです」

ユリウスが国王だということは隠すように、帆船に乗る全員に通達されているため、手短に答えた。

ルチアはアローラの大きめのブラウスとスカートを身につけた。いつもルチアが着る組み合わせではあるが、素材やデザインは今まで着たことがない上質なものだ。

「どうぞ、こちらへ」

アローラについて浴室を出ると、彼女は廊下を少し行った先の扉を叩いた。

「入れ」

中から凜《りん》とした声が聞こえてきた。

（あの人……？）

「失礼いたします。娘を連れてきました。娘、この方がアドリアーノ侯です」

アローラは扉を開けて、丁寧に言った。

ここの内装の豪華さといったら、カタリナ号とは比較できないほどすごい。カタリナ号でさえ、ルチアには初めて見る豪華なものだったが。

室内へ一歩足を踏み入れてポカンと呆気に取られてしまう。深緑の地に小花があしらわれた壁。部屋の隅に置かれた艶やかなブラウンの机。そして、シルバーブロンドの髪を持つ青年が座っているソファ。どれをとっても優雅で、島暮らしのルチアにとって縁のないものばかりだ。

「座りなさい。アローラ、熱い紅茶を持ってきてくれ。さて、君の名は？」

アローラは深くお辞儀をすると、出ていった。

「わたしは……ルチアといいます」

ルチアはおそるおそる、彼が座っている対面のソファに腰を下ろす。

「だいぶ唇の色が戻ったようだ」

「アドリアーノさまは……海で溺れていた方ですか？」

きつい労働を強いるバレージ第二近衛隊長のことは『バレージ』と心の中で呼び捨てにしているルチアだが、目の前の美麗な青年に対しては『さま』付けをしなくてはならないような思いに駆られた。

確かにユリウスは海で溺れていたが、実はルチアに近づくための作戦だった。岸辺を歩いている彼女を見かけて、咄嗟に考えついたのだった。思いがけなくルチアのほうが溺れてしまったのだが。

「あぁ。助けてくれてありがとう」

「……わたしを助けてくれた方は……あなたさま……ですよね？」

意識を失う前、腰を抱いてくれた青年はシルバーブロンドの人だった。

「あなたは泳げないのでは……？」

「すまない。本当は泳げるんだ」

ユリウスは正直に告白した。

「では……どうして溺れて……？」

ルチアが戸惑いの瞳を向けると、ユリウスはやんわりと笑みを浮かべる。

「体調が思わしくなかったということにしてくれ」

今の彼は元気そうだ。その言葉では、ルチアは納得できなかった。しかし頼み事があるので、彼の気を悪くさせるのは避けたい。

ユリウスの宝石のようなエメラルドグリーンの瞳を見つめていると、めまいに襲われ、手を額に置いて俯く。

その様子にユリウスが向こう側からやってきて、ルチアの額にある手に触れる。

そこへ扉が叩かれ、ユリウスの合図ののち、年配の男性が入ってきた。

「めまいもあるようだ。しっかり診てくれ」

ユリウスはドナート医師に指示すると、反対側のソファに戻った。

「わたしはなんともないです！」

島の男たちとはまったく身なりの異なるきっちりした服装の男性に、ルチアは怖くなる。

「いや、具合が悪いはずだ」

「お嬢さん、体調を診るだけです。すぐに済みますよ」

ドナート医師はルチアの前でしゃがむと、床に膝をつく。それからルチアの手首を掴み、脈を取る。対面に座るユリウスは、優雅に脚と腕を組んでドナート医師の診察を見ていた。

脈を測る以外にも、ドナート医師は瞳や舌を診る。

「……お嬢さん、身体を酷使しすぎですよ。微熱がありますし……ちゃんと食べていますか？　栄養状態がよくない」

「栄養状態？」

ドナート医師の話に口を挟んだのはユリウスだ。

「今どき、栄養状態が悪い人間がいるのか？」

国王としてそれは聞き捨てならず、ショックが否めない。

「ちゃんと食べています……」

「ではなにか労働を？」

今が言うチャンスだと、ルチアはドナート医師からユリウスに顔を向けた。

「あの……聞いてほしい話があります」

「聞いてほしい話？　それはいったい？」

ユリウスは美しい眉を寄せて、ルチアを見つめる。

「わたしたちは沈んだ船を探しに、毎日海へ潜っています。でも……毎日では身体がもたないんです。島のみんなの体力はもう限界です」

「ちょっと待ってくれないか？　わたしたち、と今言ったのか？」

目の前の華奢な娘が潜っているとは思えず、聞いていた。

「はい。わたしも二日目から潜っています」

ルチアの話に胸が痛くなった。沈んだ船を見つけたいがために、島の人々に重労働を課してしまった。戦場では冷酷非情な人間でも、自国の民を苦しめることはあってはならない。

「……国王は、そのようなことになるとは思っていなかったようだ。この件は責任を持ってわたしがなんとかしよう」

「本当ですかっ⁉」

ルチアの言葉遣いにドナート医師は苦い顔になり、口を開く。

「これ！　馴《な》れ馴れしいですよ」

「あ、ごめんなさい……」

アマンダに厳しく躾《しつ》けられたとはいえ、島の生活では年上を敬うことくらいしかマナーなど知らない。言葉遣いを注意されても、どう話せばいいのかわからない。

「いや、いい。島で生まれ育ったんだ。いつものように話してかまわない」

そう言われて、自分の話し方が粗野だったことを知り、恥ずかしくなる。

「これを毎食後に二錠飲んでください」

ドナート医師は首を横に振ると、カバンの中から薬の入った瓶を出し、ルチアの手に置く。

「これは……？」

手に置かれた小さな瓶を目の前まで持ってきて、じっと見つめるルチアだ。

「それは栄養剤です」

「えいよう……ざい……」

「君の身体にいいもので、疲れが取れるはずだ」

ユリウスが説明したところで、アローラが紅茶を運んできた。

白いクロスがかけられたテーブルの上に、繊細なティーカップセットや数種類の焼き菓子が置かれる。ルチアは目を真ん丸くしたまま見つめていた。

（なに？　これ……初めて見るわ……）

島と町の生活の差を改めて感じる。

呆然《ぼうぜん》としているうちに、ドナート医師とアローラが部屋を出ていった。

（マナーも知らない自分がこの場所で、優雅にお茶を楽しんでいいのかしら。話はで

きたのだから、もう帰らなくては）

そう思ったルチアはすっくと立ち上がる。まだ少しめまいはするが、歩けないことはない。

「どうしたんだ？」

「わたし、帰ります。アドリアーノさま、ありがとうございました」

ソファを離れ、扉に向かう。しかし取っ手に触る前に腕を掴まれた。振り返ると、乾き始めた淡いブロンドの髪がサラリと揺れる。ユリウスはその長い髪に指を挿し入れたくなった。

思っていたよりも背が高く、俊敏な身のこなしのユリウス。恋を知らないルチアの胸がトクンと高鳴った。

「お茶を飲んでから帰るといい」

「い、いいえ。もう遅いので、おばあちゃんが心配しています」

（そういえば、ひとりになりたいと言って出てきてから、いったいどのくらいの時間が経っているの？）

おそらく数刻の時間が経っており、アマンダやジョシュは心配しているだろう。ジョシュは島を探し回っているかもしれない。

「わかった。また明日来てほしい」

「えっ⁉」

ルチアは耳を疑った。

「明日は島の人たちの休養日にする。昼間、時間のあるときに来てほしい」

「……わかりました」

アローラに借りている服もある。朝洗えば、午後もそう遅くならないうちに乾いて持ってこられるだろうと考えて返事をした。

「警備の者に送らせよう」

ユリウスの言葉に、思わず笑ってしまう。

「なにがおかしいんだ？」

ユリウスは笑うルチアを不思議そうに見る。

「島で危ない目に遭うことはありませんから、ひとりで問題ないです」

ルチアはユリウスに頭を下げると、部屋を出て船を降りていった。彼がその様子を甲板に出て見ていると、隣にジラルドがやってくる。

「ずいぶんあの娘を気に入ったようですね」

ジラルドは、淡いブロンドが見えなくなるまでその場にたたずむユリウスに言う。

「美しい娘だ。あのような娘がこの小さな島にいたとは、驚きだ」

「確かに美しいですが、教育も受けていない娘です。おかまいにならないほうがいいかと」

ジラルドの言葉は今のユリウスには届いていない。ユリウスはなぜか彼女に惹かれていた。海で泳ぐ姿を見たときから……。


急いで家へ向かうルチアは、途中でジョシュに会った。

「ルチア！　今までどこにいたんだ！　ばあちゃんも心配して……その服は⁉」

ルチアの姿が月明かりでわかると、彼はさらに目を凝らす。

「あとから来た帆船の女の人から借りたの」

そこで、自分が着ていた服を置いてきたことに気づく。

「どうして借りることになったんだよ！」

先を急ごうとするルチアの腕が乱暴に掴まれて、振り返らされる。

「ジョシュ！　痛いわ。放して」

「ずっと心配していたんだぞ！　説明くらいしろよ」

「疲れてるの」

船の中であったことを、なぜか話したくなかった。

「待てよ。なんかあったんだろ」

ジョシュが追ってきて、小石がゴロゴロしている道の上を早足で歩くルチアの隣に並ぶ。

「……疲れているの。もうなにも言わないで」

「ルチア……」

家が見えてきた。入口にアマンダが立っている。

「ルチア！　今までなにをしていたんだい！　もう真夜中だよ！　近衛兵たちに絡まれているんじゃないかと心配だったんだよ」

「おばあちゃん、ごめんなさい。そういうことじゃないから安心して」

布を上げて家の中へ入ると、帆船でのことが夢だったように思えてくる。

「じゃあどういうことなんだい!?」

アマンダは興奮気味に、布で仕切られた中へ入ったルチアに外から声をかける。ルチアは着ていた服を脱いで、いつもの質素なブラウスとスカートを身につけた。借りた服はきちんと畳んで隅に置く。明日の朝、洗うつもりだ。

「帆船の人が海に落ちて溺れたところを助けただけだから」

着替えて出てくると、危惧しているアマンダに微笑む。

「そんなことなら、さっさと言えばいいじゃないか」

「ごめんなさい。それほど心配しているとは思っていなかったの。ジョシュもごめんなさい」

話を聞いていたジョシュにもルチアは謝った。

「ここへ来なさい」

アマンダは先に座り、目の前の床を叩く。ルチアも静かに腰を下ろした。

「お前は自分のことがわかっていない」

「自分のことならわかっているわ」

「いや、お前は誰よりも美しいんだ。近衛兵たちがお前を見初めたらと思うと、いても立ってもいられなかったよ」

アマンダは白髪《しらが》の頭を大きく左右に振る。

「見初められたらどうなるの？」

アマンダの話が呑み込めず、ルチアは首を傾げる。

「血の気の多い男たちのことだ。身体を奪われるだろうよ」

「身体を奪われる……？」

アマンダの言っていることが理解できないルチアだ。

「身体が壊れるまで犯されるんだよ。妊娠もするだろうさ」

「妊娠って……おばあちゃん、話していることがわからないわ」

「お前は世の中を知らないからね。だからジョシュと結婚しろと言っているんだ」

急にジョシュとの結婚を持ち出されて、心の中でため息をつく。

「ジョシュには悪いけど、わたしは嫌よ。それに、ジョシュを好きなエラがいるし」

「俺はエラをなんとも思っていない。俺が好きなのはルチアだ。一生守ると誓うよ」

ジョシュは真剣なまなざしでルチアに話す。ルチアは彼の黒い瞳を見つめた。

ジョシュが本気なのはわかっている。でもどうしても彼を兄のようにしか思えない。

「ごめんなさい。おばあちゃん、もう寝かせて……疲れてて……」

「わかったよ。早く寝なさい」

アマンダの許しをもらったルチアは、自分の寝床に移動して横になった。

目を閉じると、頭がクラクラしていた。そんな頭で眠る前に思い出したのは、美しいアドリアーノ侯のことだった。

翌朝、なかなか起きないルチアを起こそうとアマンダが近づいた。ルチアは背を向けて寝ている。

「ルチア、起きなさい」

いつもは誰よりも早く目覚めるルチアが起きず、よほど疲れているのだろうと肩に手を置いて、アマンダは驚く。

「ルチア⁉　熱があるじゃないか！」

ルチアの額や首筋から噴き出す汗に、アマンダは目を見張った。

「ん……おばあちゃん……もう少し寝かせて……」

ルチアは起きようと思うのだが、身体が重く、頭も鈍器で殴られているように痛んで目が開かない。

「当たり前だよ！　今、薬草を煎じてくるからね」

アマンダが炊事場のある外へ出たとき、ジョシュが帰ってくる姿が見えた。早朝、長老から話があると呼ばれて、島の男たちは集まっていた。

「ばあちゃん！　今日は潜らないでよくなったんだ！」

「そうかい、それはよかった。みんな疲れているからね」

ジョシュの話を聞きながら、アマンダは鍋に薬草をちぎって入れている。

「ばあちゃん、どうしたんだ？　もしかしてルチアか？」

「ああ。ひどい熱を出している」

ジョシュは即座に中へ入り、ルチアの様子を見る。彼女は苦しそうに眠っていた。

「ルチア、大丈夫か？　つらいだろう」

布で額に浮かぶ汗を拭いていると、ルチアがうっすら目を開ける。

「ジョシュ……ありがとう……今日は……っ……はぁ……」

今日の労働は行けないと言おうとするも、頭の痛みに襲われる。

「今日はみんな休みになったんだ。だから気にせずに寝て治せよ」

そこへアマンダが濡らした布を持ってくる。ジョシュは受け取って、ルチアの額にそっと置いた。

「煮詰まるまでもう少しかかる。ルチアを見ていてくれ」

「ああ。ばあちゃん」

ジョシュは熱に苦しむルチアの汗を拭きながら見守っていた。


ユリウスはずっとルチアを待っていた。ひと晩明けて、彼女がやってくることを思うと気持ちが浮上する。胸に甘酸っぱいものが込み上げるようで、彼女を思い出すと胸が高鳴る。国王たるもの、女性の扱いも心得てはいるが、今までそんな気持ちを女性に抱いたことはない。

しかし、ルチアは夜空に月が昇っても来なかった。

甲板横の室内のソファに座ったユリウスは、指先でテーブルをコツコツと打っている。どうして来ないのだろうかと苛立ちを抑えられない。

ユリウスのエメラルドグリーンの瞳は、ルチアが持っていかなかった栄養剤の小瓶を捉えている。

そこへジラルドがやってきた。

「またその栄養剤ですか」

「どうしてルチアは来ない？　平気で約束を破る娘なのか？　それとも具合が悪いのだろうか？」

煩慮の気持ちを打ち明けたユリウスは、甲板のほうへ視線を動かす。

「バレージによりますと、責任感のある娘のようなので、後者かと思われますね。島の娘がこのような場所に入れる機会を逃すとは思えませんし」

「ジラルド、それは聞き捨てならないぞ。これさえも持っていかなかった彼女は、強欲な人物ではないと信じている。昨晩、彼女は体調が悪かった。具合が悪化したに違いない。それよりも、どうしてあのような華奢な娘を潜らせたんだ？」

労働をさせたバレージに怒りが込み上げるユリウスだ。

ルチアをかばうユリウスに、ジラルドは顔をしかめる。ユリウスは今まで大臣らに勧められて会った娘たちや隣国の王女らには、このような興味を抱かなかった。

ジラルドが考えあぐねていると、ユリウスは立ち上がり、颯爽《さっそう》とした足取りで甲板に向かった。そして島のほうを見つめる。

小さな島に点々とあるぼんやりした明かりは、島に住む者たちの家だ。

ルチアの家はどの辺なのだろうかと、暗闇の中でしばらく物思いにふけった。

翌日、ユリウスは甲板の上で、隣に停泊しているカタリナ号に乗り込む島の男たちを見ていた。ルチアが現れるのではないかと思ったのだ。

しかし彼女の姿はなく、ほどなくしてカタリナ号は出航した。やはり具合が悪いのだと確信すると、ジラルドを呼ぶ。

「いかがいたしましたか？」

「ルチアはいなかった。あのときの微熱が、ひどくなったのかもしれない。アローラに部屋の用意をさせ、ドナートを待機させてくれ」

シャツの袖ボタンを留めながら、ジラルドに指示を出す。

「まさかここへ連れてくるおつもりですか？」

「そのまさかだ。彼女の具合が悪いとしたら、わたしのせいでもある」

「では、わたしもついていきます」

島を国王ひとりで歩かせるわけにはいかない、とジラルドは動きかけるが、ユリウスは首を横に振る。

「わたしひとりでいい。あくまでもわたしはアドリアーノ侯だからな」

「しかし、なにかあったらどうなさるおつもりですか」

ジラルドの心配を鼻で笑う。

「わたしが襲われるとでも思っているのか？　万が一襲われたとしても、わたしが負けるとでも？」

ユリウスは軍神とまで言われている美丈夫だ。剣を持っていなくとも、かすり傷ひとつ負うことはないだろう。

「いえ……そのようなことは……」

ジラルドもそれは充分承知していることだが、ユリウスのルチアへの関心が大きすぎるのが気になり、ついていきたかったのだ。

「では、部屋の用意をさせ、ドナート医師を待機させておきます」

ジラルドは渋々承知し、甲板横に設置されている階段をユリウスが身軽に下りていくのを見守った。

桟橋へ足をつけたユリウスは、一昨日《おととい》ルチアが消えた方向へ歩き始める。ところどころにある木より高い建物はなく、少し進むと同じような形の小屋が点々とある。

そこへ、腰が曲がり、白いひげをたくわえた老人がこちらへやってくるのを見て、ユリウスは立ち止まる。この島へ来た日、挨拶に来た長老だ。

「アドリアーノさま」

長老はユリウスの目の前に来ると、地面に膝をつき、頭を下げる。

「挨拶はいい。立ちなさい」

ユリウスは長老の腕を支え、立ち上がらせる。

「血相を変えてどうした?」

よく見れば長老は焦ったような顔つきだ。

「はい。これからあなたさまをお訪ねしようとしていたところでした」

「話してみるがいい」

内容を聞いたあと、ルチアのことを尋ねようと長老に頷く。

「島の娘がひどい熱を出しておりまして、まったく下がらないのです。なにも口にしておらず――」

「ルチアのことか⁉」

ユリウスは長老の言葉を遮り、食い入るように聞く。

「は、はい。どうしてルチアの名前を……」

「彼女の家へ連れていけ」

「はい」

長老はなぜユリウスがルチアを知っているのかと、疑問に思いながらも歩き始めた。


少し歩くと、小屋の前で鍋を火にかけている老婆がいた。アマンダだ。離れていても鍋からは、苦そうな、なんともいえないひどいにおいが漂ってくる。

ユリウスと長老に気づいたアマンダは立ち上がる。

「アマンダ、アドリアーノ候をお連れした」

「アドリアーノさま、孫娘のために申し訳ありません」

深くお辞儀をし、小屋の入口の布を開けてユリウスを招き入れる。

ユリウスは想像を上回る簡素な室内に驚いたが、表情には出さずにルチアを探す。

すぐに布団から出ている淡いブロンドが目に入る。こちらに背を向けているが、苦しそうな息遣いが聞こえた。

「ルチア!」

ルチアのそばに膝をつくと、手を彼女の額に当てた。ルチアの額はひどく熱を持っていた。意識が混濁しているようで反応がない。

「今朝は話もできたのですが……」

その様子に、ジョシュは安心して出かけていったのだ。

「すぐにドナートに診せなければ」

ユリウスはルチアの身体にかけられていた薄い布を彼女の身体に巻きつけて、抱き上げた。

「孫をどこにっ⁉」

アマンダはユリウスの腕に抱かれているルチアを、不安そうに見る。

ユリウスはアマンダの言葉に返事をせず、ルチアを抱きかかえたまま小屋を出る。

アマンダが今まで放っておいたとは思わないが、怒りが込み上げていた。

足早に帆船へ戻ると、ジラルドが出迎える。

「やはり病気でしたか」

　ユリウスに抱えられているルチアを見て、顔をしかめる。

「ひどい熱だ。こちらの呼びかけに答えない。ドナートは？」

「用意した部屋で待機しています」

　ジラルドに軽く頷いたユリウスは、狭い螺旋《らせん》階段を下りて部屋に向かった。ここで空いているのはユリウスの寝室の隣しかない。

　用意された部屋に入ると、ドナート医師が近づいてくる。

「先日の娘だ。なんとか熱を下げてくれ」

「わかりました」

　ユリウスはルチアをベッドに横たえて一歩後ろに下がり、ドナート医師が彼女を診るのを見守った。

　少ししてドナート医師が身体を起こし、立ち上がる。

「どうなんだ？」

「おそらくこの薬で熱が下がると思います」

　ドナート医師は黒いカバンの中から、紙に包まれた薬を出す。それは一包ずつのものので、中に粉薬が入っている。ユリウスは滅多に熱を出すことはないが、処方された経験のある薬だ。

「しかし、ここにあるのは三日分なので、これが効かないとなると町へ戻らなければなりません」

「わかった。とりあえず飲ませて様子を見よう」

ユリウスはベッドの端に腰かけると、一包を開けて流し込みやすいように三角に折る。アローラが隣で水を用意し、待っている。

「意識がないので飲まないかもしれません」

ドナート医師に軽く頷いたユリウスは、ルチアの上半身を抱きかかえるようにして起こす。

「ルチア、ルチア、目を開けてくれ」

ぐったりとユリウスの胸に頭を預けたまま、ルチアは目を覚まさない。

ユリウスはルチアの頭を上に向け、頬に手を当てて口を開かせる。粉薬を中へサラサラと流し込み、手だけをアローラへ差し出す。

アローラから水の入ったコップを手渡されたユリウスは、自ら水を口に含んだ。そしてルチアの唇に唇を重ねると、少しずつ流し込んだ。

それを見ていたアローラは、目をこれ以上ないほど丸くさせて唖然《あぜん》とする。

そこへジラルドが静かに入ってきたのだが、目の前で繰り広げられていることに驚き、急ぎ足でやってきた。

「ユリウスさま！　なにをなさっておいでですかっ！」

ルチアの口に少しずつ水を注ぎ込んでいるユリウスは、手を『あっちへ行け』というように動かす。

「ですが……」

いくら病気だからといって、国王が島の娘と唇を合わせているのはいただけないと、渋い顔で見ている。

「娘の意識がないので、陛下は仕方なくされているのです」

ドナート医師が、眉根を寄せているジラルドに言う。

ルチアは無意識ながら、コクッと水と薬を飲み込んだ。

「よかった……」

ユリウスは愁眉を開き、ルチアの身体を静かに横たえる。

「さすが陛下でございます」

ドナート医師が安堵してユリウスを褒めたたえる。

「アローラ、様子を見ていてくれ」

「かしこまりました」

アローラは膝を軽く折り、部屋を出ていくユリウスたちを見送った。

執務室に向かいながら、ユリウスは口を開く。

「バレージが戻り次第、労働者たちの健康を確認するように言ってくれ。ドナートにもそう伝えろ」

「わかりました」

ジラルドは執務室までユリウスに付き添ってから、自室へ戻った。

太陽が水平線に沈みかける頃、ルチアの熱はまだ高かったが、少し呼吸が楽になったようで、付き添っているアローラは胸を撫で下ろす。すでに何度も額にのせた布を取り替えていた。

アローラがランプに火を灯していると、外で誰かが叫んでいる声が聞こえてきた。

何事かとアローラは部屋を出て螺旋階段を上がり、甲板に出る。そこにはジラルドと近衛兵がいた。

「あなたは娘についていてください」

ジラルドはアローラの姿を見ると、戻るように言う。

「ルチア！　大丈夫なのか-!?」

帆船を見上げて叫んでいたのはジョシュだった。潜る労働をしてから家へ戻ると、ルチアを帆船の医師に診せていると聞いて、飛んできたのだ。しかし乗船は許されておらず、叫ぶジョシュを見張りの近衛兵が止めようと押さえつけている。

ジラルドがその様子を見ていると、背後にユリウスが立った。

「熱は少しずつ下がり始めている。明日、着替えを持ってくるようあの青年に言っておけ」

ユリウスはそれだけ言うと、奥へ戻った。

バレージの報告書に、島の青年とルチアが恋人同士だと書かれていたのを先ほど読んだばかりだった。おそらく今、心配で叫んでいる青年がルチアの恋人なのだろうと、ユリウスは察した。

報告書を目にしたとき、言いようもない嫉妬心がユリウスの心の中を覆った。

（わたしはあの娘に惹かれている……）

海でイルカと泳いでいるときから気になっていた。だから泳げないフリをしてルチアと出会うようにした。

（ルチアは亡くなったエレオノーラに似ている気がする……）

しかし目の色はほぼ同じだが、エレオノーラのブロンドはルチアほど淡い色ではなかった。

ユリウスはルチアの部屋の扉を開けた。先に戻っていたアローラが椅子から立ち上がり、ユリウスを出迎える。

「アドリアーノさま」

ユリウスは頷くと、ルチアのベッドの端に腰かけて額の布を取り、熱を確かめた。取った布はすかさずアローラが引き取り、冷たい水に浸して絞る。

「まだ一度も目を覚まさないのか？　そろそろなにか食べさせなくては治らない」

「はい。身じろぎもせずに……」

ユリウスはルチアの滑らかな頬を撫でる。指を滑らせると、ルチアのまつ毛がピクッピクッと震えた。

「ルチア、目を開けてくれ」

ユリウスの声はアローラが驚くほど優しい声色だった。

「アローラ、そろそろ目を覚ますかもしれない。食事の用意をしてくれ」

「かしこまりました」

アローラが退出すると、ユリウスはルチアの手を握って自分の口元へ持ってくる。

「ルチア、君はそんなにわたしに心配をさせたいのか？」

その言葉に反応したのか、ルチアの瞼がゆっくり開き、サファイアブルーの瞳を覗かせた。

「……わたし」

まだ状況が呑み込めないルチアは、困惑の瞳でユリウスを見つめる。

「熱が下がらず、ここへ連れてきた」

「あ……」

ようやく事態を把握して、靄《もや》がかかったような頭を動かし、なにかに触れている自分の手のほうを見た。

ユリウスの美しい口元近くにある自分の手に驚いて、引っ込める。そして身体を起こそうとした。

「すみません。もう楽になりましたから、家へ帰ります」

迷惑をかけてしまったのはこれで二度目だ。自責の念に駆られて、床に足をつけて立ち上がろうとするが、ユリウスに阻まれる。

「なにを言っているんだ⁉　まだ高い熱があるというのに」

「平気です」

強がってみせるものの、頭はクラクラするし、足に力が入らなかった。それでもユリウスの手を押しのけてどうにか立とうとすると、身体がぐらっと揺れて重心が取れなくなった。

「危ない！」

ユリウスのがっしりした力強い腕に支えられ、転ぶのを免《まぬが》れる。

「まだ動けないだろう？　強情を張るのはやめるんだ」

再び横にされ、枕に頭をつけたルチアは、めまいと必死に戦う。

「食事をしてから、薬をもう一度飲むんだ」

目を開けて、真剣なまなざしで見つめてくるユリウスを見た。

「すみません……」

「君の恋人も心配している」

「え……恋人……？」

ルチアはキョトンとした表情になった。

「先ほど心配してやってきた青年だ」

「もしかして……ジョシュ……？」

島に若者は七人しかいないが、心配してやってくる青年はジョシュしか思い当たらない。

「ジョシュはわたしの恋人ではありません。彼の両親が亡くなって、一緒に暮らしているだけです」

違うと聞いて、ユリウスはホッと安堵するような気持ちになった。

そこへ扉が叩かれ、アローラが食事を持って入室してきた。ユリウスはルチアが起き上がるのを手伝う。

「体力が落ちているから、しっかり食べるように」

ルチアが食べ始めるのを見届けると、アローラに任せて部屋を出た。

パンをミルクに浸した温かい食事を食べ始めたルチアだが、ふた口食べるのが精いっぱいで、アローラをがっかりさせた。

「ごめんなさい……せっかくの食事を……」

「いいんですよ。まだ熱が高いので食欲がないのでしょう。お薬を飲んで休んでください」

アローラは優しく微笑み、食事を片づけると薬を渡す。

「これを飲むんですか……？」

白い紙に包まれた、開けてみると真っ白な粉。初めて見る薬にルチアは戸惑う。

「はい。熱冷ましでございますよ。先ほどもアドリアーノさまが飲ませてくださったのです」

どうやって飲ませたのかは話さず、アローラはルチアが薬を口に含むのを見ている。とても苦い薬で、ルチアは口に入れた途端に吐き出したくなったが、アローラから水を受け取って急いで流し込んだ。

「さあ、横になってください」

そこで、アローラに借りた服が洗えず、そのままだったことを思い出す。

「借りた服をまだ返せなくて、すみません……」

「服のことなど気にせずに、お休みください」

アローラは部屋を出ていった。

ひとりになったルチアは目を閉じると、なにも考える間もなく眠りに落ちた。

翌朝、カタリナ号にやってきた島の男たちは、ドナート医師によって体調を確認されることになった。そのため、ジョシュ自身がルチアの様子を見に行きたかったのだが、エラが代理で帆船へ行くことに。アマンダでは、帆船の急な階段を上るのが困難だったせいだ。

エラは胸を高鳴らせて、ルチアのいる帆船の下までやってきた。こんな幸運、一生に一度あるかないかだ。内心では、豪奢な帆船で病気を診てもらっているルチアが羨ましくもあった。

ドキドキする胸を押さえるようにして、布に包まれたルチアの服を身体の前で持っている。

ジョシュから、帆船に行ってルチアの様子を見てきてほしいと頼まれて、わざわざ一番いい服に着替えた。綿のピンク色のワンピースは、ラーヴァの町で父親が買ってきてくれたものだ。

「なんの用だ？」

帆船の下で見張りをしている近衛兵に、鋭い口調で尋ねられる。

「あ、あの、ルチアに服を……」

行けばルチアに会えるとジョシュに言われたが、強面《こわもて》の近衛兵ふたりが怖くて泣きそうだ。楽しみでドキドキしていた胸は、早くも怖さで暴れている。

「ついてこい」

すぐに乗船を許された。近衛兵のひとりが急な階段を上っていき、おずおずとついていく。

ジラルドが甲板で彼女を待っていた。近衛兵のあとから上がってくる娘のブロンドの髪に目を見張る。甲板にやってきた娘の顎でそろえられたブロンドと、サファイアブルーの瞳。その姿は亡くなったエレオノーラに似すぎていた。

「ジラルドさま、娘を連れてきました」

「ご苦労。戻っていい」

近衛兵とジラルドとが話しているとき、エラはキョロキョロと辺りを見回していたが、黒髪の青年と目が合うと即座に頭を下げた。

「顔を上げてください」

ジラルドは彼女の顔をよく見たかった。

十三年前の、ジラルドが八歳の頃の記憶だが、エレオノーラ姫と王弟夫妻の絵は今でも城の大広間にかけられており、五歳だった姫の顔は覚えている。

目の前に立つ少女は、まさにエレオノーラを大きくしたような雰囲気を持っていた。

(生きておられた？　まさか……)

自分の考えを払拭するように、ジラルドは首を小さく左右に振る。

「わたしはアドリアーノ侯の側近のジラルドです。あなたの名は？」

「あ、あの……エラです……ルチアの具合は……？」

深い海のような色のシャツに黒いズボン、膝までのブーツという洗練された姿に、エラは見とれるばかりだ。

ジラルドは娘の名前が『エレオノーラ』を略した『エラ』であることに驚いていた。

「ル、ルチアは……？」

もう一度尋ねられ、ハッと我に返った。

「……だいぶ熱も下がってきました。といっても、まだ戻るには早いとドナート医師は言っておりますが」

エラは丁寧な口調の男性に会うのは初めてで、面と向かって話すのが恥ずかしくなり、頬を赤らめる。そんな様子にジラルドは、ユリウスが彼女を見たらどう思うのか確認したくなった。

「どうぞ、こちらです」

エラをルチアが眠る部屋へ案内する。そこに向かいながら、豪華な内装に終始驚くエラだ。

ジラルドが扉を叩くと、中からアローラが出てきた。

「娘に着替えを持ってきた」

「たった今眠ったところなのですが……また熱が上がってきたようで」

ふたりの会話をジラルドの後ろで聞いていたエラは、ルチアは大丈夫なのかと不安になる。

「そうですか……エラさん、顔を見ていきますか？」

俯いていたエラはコクッと頷く。

部屋に入ってきた彼女を見て、アローラは目を見張った。アローラはエレオノーラが生まれたときも城におり、ユリウスが幼い彼女と遊ぶときは付き添っていた。その頃、二十七歳だったアローラは、ユリウスやジラルドよりもエレオノーラをよく記憶している。

見れば見るほど、記憶にある幼い姫に似ている気がした。ジラルドはアローラの様子を見て、彼女も同じように考えているのだと思った。

エラは彼らの視線には気づかず、ベッドの横の床に膝をつけた。

「ルチア、早く元気になってね」

眠りを邪魔しないよう小声で言うと、立ち上がる。

「あと数日は無理ができないかと思います」

アローラはエラの顔を細部まで見つめながら言った。

「エラさん、せっかくですから、お茶でもいかがですか？」

「えっ……でも……」

貴族のお茶のマナーなどまったく知らないエラは戸惑うが、飲んでみたいとも思う。

「いいではないですか。上へ行きましょう」

お茶を飲ませている間に、ユリウスにエラを紹介したいとジラルドは考えていた。

そのまま甲板横の居間へエラを案内し、そこで彼女を待たせてユリウスの執務室へ向かった。

地方に住む貴族の上奏書類を読んでいたユリウスは、扉が叩かれる音で視線を上げた。ジラルドが珍しく高揚した表情で入ってくる。

「ユリウスさま。驚くことに、エレオノーラ姫にそっくりな娘がルチアさんの服を届けにやってきました」

ジラルドの言葉に、ユリウスは怪訝《けげん》そうに眉を寄せて見る。

「エレオノーラに？　そんなバカなことがあってたまるか」

「名前もエラといいます。アローラも驚いておりました。居間に待たせております」

アローラも……と言われて、ユリウスは書類を机に置き、椅子から立ち上がった。

焼き菓子と紅茶を前にして、エラは微動だにせずソファに座っていた。やはりマナーをまったく知らなくて困っている。

そこへ、先ほどのジラルドがやってきた。そして後ろには、光り輝かんばかりに美しいユリウスもいる。

エラはサッと視線を自分の膝に落とした。ジラルドを目にしたときもとても恥ずかしかったが、シルバーブロンドの髪を後ろでひとつに緩く結んでいるユリウスは神々《こうごう》しく感じられ、目と目を合わすことができない。

「エラさん、アドリアーノ侯です。顔を上げてください」

ジラルドに言われ、エラはおそるおそるユリウスを見上げた。

次の瞬間、ユリウスの双眸が大きくなった。ルチアを見たときもエレオノーラに似ている容姿に驚いたが、彼女よりも目の前に座っている娘のほうがそっくりだ。

「エラというのか」

「はい。さようでございます」

ルチアは一度もラーヴァの町へ行ったことがなかったが、エラは何度も父親と行っており、貴族に対する言葉遣いは学んでいた。

ジラルドをエラの対面に座らせ、ユリウスは彼の隣に腰かける。質問をジラルドに任せ、自分はじっくりエラを観察しようと考えた。

「エラさん、両親はいるのですか?」

「……はい。おりますが」

どうしてそんな質問をされるのか、エラには理解できなかった。

「今日中に、両親に会わせていただきたい」

「なぜ両親にお会いになりたいのでしょうか……？」

不思議に思って、こわごわ尋ねる。

「わたしたちが探している娘にあなたがよく似ているので、両親に話を聞きたいと思ったんですよ」

「わたしが……？　でも、わたしは両親の……」

そこでエラは言葉を切る。自分は両親の子供ではなかったのだろうか？と。

もし違うのならば、自分は憧れていた町で生活できるのではないか？とまで考えてしまった。

「今夜、訪ねてもいいでしょうか？」

ジラルドはやんわりと笑みを向ける。その間もユリウスはひとことも話さず、エメラルドグリーンの瞳でエラを注視していた。

「はい……お迎えに参ります。ですが、あなたさまがおいでになるような家では……」

みすぼらしい我が家では、なにもてなすことができないとエラは思う。

「では、こちらにご足労願えるでしょうか？」

ジラルドはエラの考えを察して言った。

「ご足労……？」

「あぁ……こちらへ来てもらえないでしょうか」

「……わかりました」

ラウニオン国の貴族からの頼みなら、両親は受けるだろうと考えた。

第三章　本物のエレオノーラ姫は

エラを桟橋まで見送ったジラルドが、ユリウスの元へ戻ってきた。彼はまだソファに座っている。

エラは帰り際、ルチアの祖母に状態を知らせてから家に戻ると言っていた。

「いかがでしたでしょうか？　姫に似すぎていると思われませんか？」

ジラルドは、美麗な顔をかすかにしかめたユリウスに言う。

「確かに似ている。この島はおそらく、船が沈没したと推測される場所からそう離れていないのかもしれない。嵐に遭って死を覚悟した叔父上が、エレオノーラをなんらかの方法で海に……そう考えられなくもないな」

「ええ。わたしもそう考えてしまいますね」

「五歳の頃では、彼女の記憶もないだろう。両親に聞くのが一番確かだ」

そこへバレージとドナート医師がやってきたと知らされ、ユリウスの思考は中断される。

海へ潜る労働をしていた島の者たちは、やはり体力をひどく消耗していた。今日、明日の二日間を休養日にすることをユリウスは決めた。

エラがエレオノーラだとすれば、今は無理に沈んだ船を探さなくてもいいのではないだろうか、という考えもよぎる。

バレージとドナート医師に、体調が悪い者への配慮をするように伝えると、居間を離れた。

ルチアの眠る部屋へ入ったユリウスは、彼女の様子を確かめる。淡いブロンドの髪がかかる額に手を置き、今朝よりは少し熱さが和らいだようだと安心する。

だが熱は上がったり下がったりと安定せず、楽観できない。薬は明日の夜の分でなくなる。

ユリウスのひんやりした手を額に感じたルチアは、眠りから覚め、目を開けた。

「すまない。目を覚まさせるつもりはなかった」

ルチアの様子を見守っていたアローラが静かに退出する。

身体を起こそうとするルチアをユリウスが手伝い、背に枕を当てた。そのままユリウスはベッドの端に腰かける。

「先ほど、君の友人のエラが着替えを持ってきた」

「エラが……」

ルチアは驚いた。

（エラは人見知りをするから、ここへ来るには相当の勇気が必要だったに違いないわ）

「彼女とは、生まれたときから一緒だったのかい？」

「姉妹のように育ちました。わたしには生まれたときのことはわかりませんが」

変なことを聞くユリウスを不思議に思う。

「そうだった。赤ん坊が、生まれたばかりで一緒にいたかわかるわけなどないな」

ユリウスは、変な質問をしてしまった、と笑った。美しい顔に笑みが浮かぶと、ルチアの胸は途端に暴れだす。

「今日の午後、家に帰ります」

「まだ熱があるというのに、なにを言いだすんだ？」

「でも、祖母が心配だし……」

「ジョシュという男がいるのだろう？　彼に任せて、君はここで栄養のあるものを食べて休んでいなければダメだ」

ユリウスは諭しながらも、少し厳しく聞こえるようルチアに話す。

「迷惑ばかりかけて……」

「いや、この程度のことなど取るに足らない」

ルチアは早くみんなと一緒に潜らなければと焦っていた。自分が休むことで、みんなに負担がかかっていることだろう、と。

ルチアが考える素振りをしたので、わかってくれたのだろうとユリウスは安堵したものの、次に発された彼女の言葉に唖然とする。

「……薬よりも、海に入れば治ると思うんです」

身体がだるく、額を触れば少し熱がある……そんなときはいつも、海で泳いでいた。しかし、ここまでの高熱が出たことはない。

「君はいったい……」

絶句してルチアを見つめる。

「どうしたんですか？」

ルチアはユリウスの表情が理解できず、キョトンとした顔になる。

「熱があるから海に入る、という考えは改めたほうがいい。そのようなことで熱が下がるのだったら、医師はいらない」

「えっ？　海に入っても治らないんですか？　わたしはいつもそう――」

「君には心配させられる……」

ユリウスはふいに、ルチアを抱きしめたい衝動に駆られた。否、衝動に駆られるまま、ルチアを抱きしめた。

「アドリアーノさまっ⁉」

「君が心配で、わたしはなにも手につかない」

エラよりもルチアがエレオノーラだったら……そう思わずにはいられない。そうであれば城へ連れて帰るのに、とユリウスの胸は苦しかった。

ルチアよりもエラのほうが、はるかにエレオノーラの面影が強い。それは城にかかった王弟家族の肖像画を見た者なら、誰もが感じることだろう。

ユリウスと身体が密着しているルチアは、ジョシュのときとは違った感じを受けた。ジョシュとは兄妹のように育ち、肩を抱かれることもあったが、家族の癒《いや》しのようなものだった。しかしユリウスにこうされると、胸の中でたくさんの小さな蝶《ちょう》がパタパタ飛び回るような疼《うず》きを感じるのだ。

これ以上抱きしめられていたら、胸が苦しくなる。そう思ったルチアはユリウスの胸に手を置いて、離れようとした。

そこへ扉が叩かれ、ユリウスはルチアの身体をそっと離した。

「入れ」

ユリウスの合図でアローラが昼食を運んできた。パンと、軟らかく煮込まれた肉の入ったスープだ。

「食欲がないと聞いているが、食べなければ体力が戻らず、家にも帰れないぞ」

それを聞いて、ルチアは是が非でも食べきらなければと皿の中を見ながら思った。

これ以上ユリウスのそばにいると、自分がおかしくなりそうだ。歯止めの効かない
なにかが溢れそうで怖かった。

「いただきます」

誰にともなく言うと、スプーンを持ってスープを口へ運ぶ。

食べているところをずっと見られているのはなんだか恥ずかしかったが、黙々と
スープとパンを交互に食べていった。

そして食べ終わった皿の中には、緑色の豆が数個残っていた。

「嫌いなのか？」

「初めて食べるものですが、これは嫌いみたいです。残してしまってごめんなさい」

ふとユリウスは、エレオノーラもこの緑豆が嫌いだったのを思い出した。

「偶然だな。これを嫌いな人を他にも知っている。どうやら女の子はこれが苦手なよ
うだ」

アローラが皿を片づけ始め、ユリウスも立ち上がった。

「ちゃんと寝ていること。わかったね」

「はい……もう少し眠れば完全に治りますから」

横になったルチアを見届けたユリウスは、颯爽とした足取りで部屋を出ていった。

「ちゃんと食べられてよかったですわ」

アローラがルチアに微笑む。

「ずっと見られていたので、食べなきゃって……」

「このようにアドリアーノさまが誰かのお世話をするのを見るのは、初めてですよ。光栄なことですね」

（光栄……確かに、こんなことは今まで生きていて初めてだし、もう二度とないことよね）

「ではわたしも退出させていただきます。お夕食までお休みください」

「はい……本当に、迷惑をかけてしまってごめんなさい」

一番の迷惑を被っているのは、世話をしているアローラだろう。ルチアは申し訳なさそうな顔になって謝った。

アローラは優しい笑みを浮かべると、部屋を出ていった。

その夜、エラは両親を連れてユリウスの帆船にやってきた。両親ともブロンドにブルーの瞳で、このふたりの娘だと言われてもおかしいところはまったくない。

ユリウスとジラルドを前にして、父親は恐縮したような表情、母親は恥ずかしくて顔を上げられないといったふうだ。

「エラ、ルチアは目を覚ましているようだ。部屋へ行って付き添ってあげてほしい」

ユリウスに言われたエラは、アローラに案内され、ルチアの部屋へ行った。

「エラ！」

扉が開いてエラが姿を見せると、ルチアの顔がほころぶ。

「ルチア！　熱は下がったっ⁉　心配したよ」

ベッドの上に座っていたルチアは、エラが日中に持ってきたグリーンの綿素材の簡素なワンピースに着替えている。

「ごめんね。着替えを持ってきてくれてありがとう。明日には戻れそう」

午後にたっぷり眠ったせいか、熱は微熱程度になっていた。

「よかった」

エラは屈託のない笑顔を浮かべる。

「こんな時間に来て、いいの？」

「あのね、お父さんとお母さんになにか聞きたいことがあるって、アドリアーノさまに家族で呼ばれたの。今、上で話をしてる」

「おじさんとおばさんが……？」

ルチアもなぜふたりが呼ばれたのか見当もつかなくて、綺麗な弧を描いている眉を寄せた。

「ルチアも不思議に思うでしょ？」

エラは上でなにを話しているのか気になっている様子。

「あ、ルチア、労働は今日と明日、休みになったんだよ。アドリアーノさまがお決めになったって。優しい人よね」

ユリウスの名前を出した彼女は、頬をほんのりピンクに染めた。

「明日まで休み……ジョシュはどうしたのか知ってる？　ここへ来てもおかしくないのに」

「夕方に会ったけど、ここへは来づらいみたい。ジョシュはルチアが好きなのに、我慢しているんだよ」

エラは思い出したようにクスッと笑う。

「エラ、何度も言うけど、わたしはジョシュを兄のようにしか思っていないの。エラはジョシュを好きなんだから、もっと積極的になればいいんじゃないかしら」

「ルチア、いいの。わたし、今までジョシュしか見えていなかったけれど、まだまだ素敵な殿方は町にたくさんいることがわかったの」

エラはユリウスやジラルドを見て、男性を見る自分の視野が狭かったことに気づいたのだった。

彼女の突然の変わりように、ルチアはあんぐりと口を開ける。

（エラはジョシュのことが大好きで仕方なかったというのに、どういう心境の変化なの……？）

「わたし、島を出て町で暮らしたい」

さらなるエラの言葉に、度肝を抜かれる。

「町で……？　ひとりじゃ暮らせないわ」

「うん……それはわかってる」

それからエラは町に思いを馳《は》せてしまい、考え込んでいた。

少しして、アローラがエラを呼びに来た。

「エラ、待って！　やっぱりわたしも帰る」

（微熱程度になったのだから、ここにいる必要はない。アドリアーノさまに会えなくなるのは、寂しい気持ちよりも悲しい気持ちのほうが大きい。けれど、アドリアーノさまは町へいずれ帰る人。好きになってはいけない人なのだ）

「ルチアさん、帰れるかはドナート医師に聞かないとダメですよ。今日はもう遅いので明日になります」

ベッドから抜け出し、床に足をつけたルチアに、アローラは言った。

「アローラさん、でも……」

「お薬を飲んで寝てください。のちほど、アドリアーノさまが就寝前のご挨拶に来られます。エラさん、ご両親がお待ちです」

アローラは丁寧に言うと、扉を押さえてエラを促す。

「ルチア、今日はダメみたいだね」

「エラ……明日には帰るから」

ルチアはがっかりして、もう一度ベッドに腰を下ろした。エラとアローラが部屋からいなくなると、小さくため息を漏らす。

島育ちで室内にずっと落ち着くことがなかったせいか、動けるようになればここでの生活は窮屈に感じられる。

おもむろに対面にある小さな窓に近づき、真っ暗な外を見る。外で星空を眺めたくなったが、勝手に動くほど非常識ではないつもりだ。

ひとりがけの豪華なソファに座り、しばらく窓の外の暗闇を見つめていた。

「ルチア」

名前を呼ばれてハッと振り返る。ユリウスが部屋にいた。彼が入ってきたのも気づかないくらい、ぼんやりと暗闇を見ていたようだ。

「アドリアーノさま……」

「寝ていなければダメだろう?」

ユリウスはルチアの手を取り、立たせると、大事なものを運ぶかのごとく彼女をベッドへと連れていく。

「熱も下がりました。明日、帰ります」

「朝にドナート医師に診てもらおう。彼の診断に問題がなければ帰っていい」

「ありがとうございます」

ベッドに腰かけたルチアは、ユリウスを仰ぎ見て微笑んだ。

「ルチア……」

ユリウスは長い指をルチアの頬に滑らせる。

「君がエレオノーラだったらよかったのに……」

「エレオノーラ……？」

ルチアは頬を撫でるユリウスの指を意識しないようにして尋ねる。彼に触れられるのは、心が安らかになる感覚を覚える。

「いや、なんでもない。薬は飲んだかい？　横になって」

言われるまま、ベッドに身体を横たえた。

「少し君を抱いていてもいいだろうか？」

「えっ？」

なぜかルチアを見るユリウスの顔がつらそうで、コクッと頷いていた。

ユリウスは上掛けの上に身体を横たえると、ルチアの長い髪に気をつけながら、腕を頭の下に差し入れた。

男性とこんなに密着するのは初めてで、同じ部屋で寝ているジョシュとでさえ経験がない。途端に、ルチアの心臓が暴れ始める。

「近すぎて……心臓の音が聞こえませんか……？」

なにか話していないと、ユリウスの力強い腕や美麗な面立ちを意識してしまう。

「そこまで密着していないからわからないな。それとも、もっとくっついてほしい？」

少し意地悪なまなざしを向けられて、ルチアは耳までも真っ赤にさせる。

「き、聞こえないんなら、いいんです」

ユリウスの腕の中で身を硬くした。

「もっとリラックスしなければ疲れるよ？」

「そんな……リラックスなんて無理です……」

とても近く、整ったユリウスの顔の細部まではっきりわかる。

「なんて可愛い唇なのだろう……」

ユリウスの親指が、そっとルチアの唇をなぞる。男女のことをまったくわからないルチアは、身体が疼くような感覚に襲われ、戸惑っている。

（なんだろう……この人のそばにいると安心して、もっと抱きしめてほしくなる）

「宝石のような瞳で見つめられたら、この唇を奪わずにはいられない」

困惑しながらユリウスを見つめていたルチアは、彼が上半身を腕で支えて身体を起こすのを見て、もう行ってしまうのかと思った。

残念な気持ちで見送ろうとすると、突然ユリウスの顔が近づいてくる。そして優しく唇が塞がれた。

驚きでルチアの目が大きく見開かれる。

「こうされるのは嫌？」

「……こんなことをするなんて、おかしいです」

言葉とは裏腹に、本当はもっとキスをしてほしい。

「少しもおかしくなんかない。わたしの腕の中にいる魅力的な君に触れたいと思うのは、当然のことだよ」

「わたしが魅力的……？」

（泳ぐことしかできない島娘のどこが魅力的なの……？　素晴らしく、魅力に溢れているのはアドリアーノさまのほうなのに……）

「君は自分をわかっていない。貴族の娘たちより美しい。この唇はみずみずしい果実のようだ」

ユリウスは我慢ができなくなり、もう一度唇を重ねる。今度は上唇を啄《ついば》み、下唇の輪郭を舌でなぞって、ルチアの欲望を引き出すようなキスをする。

ルチアは『貴族の娘たちより美しい』と言われ、嬉しさよりも自分の身分を自覚してしまった。

（アドリアーノさまと、もっとキスをしたい。けれど、自分は貴族の娘のようにはなれない）

そっと顔を背ける。

「もう……ダメです。やめてください」

ユリウスから離れようと、身体を起こそうとする。

「わたしは君が……」

そう言いかけてユリウスは起き上がる。

「キスをしたことは謝らないよ。もう寝なさい」

そして、彼は部屋を静かに出ていった。

（アドリアーノさま……）

胸がぎゅっと締めつけられるように痛くなり、ルチアはそこに手を置いた。

ユリウスは甲板に出て、先ほどのルチアのように暗い海を見ていた。そよそよとした風が、彼のシルバーブロンドの髪を揺らす。波はほとんどなく、船体はときおり緩やかに揺れるだけだ。

ユリウスはエラの両親の話を思い返していた。今頃、両親がエラに話をしているだろう。

ジラルドの推測どおり、エラは幼い頃この反対側にある浜で見つけられた。彼女はほぼエレオノーラだと断定できるであろう。

王弟家族を乗せた帆船が沈んだとき、町では大騒ぎになったが、この辺鄙《へんぴ》な島では拾った娘が姫であることなどわからないのは、仕方ないこと。

夫婦は島を出て町で暮らしたいと望んでおり、エラを育ててくれた礼として彼らに屋敷を与えようと考えていた。今後、充分に生活していける金も。エラはこれから城で過ごすことになるが、両親に会いたくなったときにはいつでも行けるようにとの配慮だ。

エラを城に慣れさせることが先決で、沈没船を探す件は保留にしようと考えている。島にいられるのも、おそらくあと二日程度。そう考えると、ここを去りたくない気持ちがユリウスの心を大きく占める。

エラがエレオノーラだとすれば、どこの誰よりも彼女が王妃に相応しい。ラウニオン国の婚姻関係は兄妹では不適格だが、次に王家の血が濃い者に決められる。しかも従妹であるエレオノーラは、生まれたときからの婚約者だった。

手すりを掴んでいたユリウスの指先に力が入る。

「なにをお考えですか?」

背後からジラルドの声がした。軍神の異名を持つユリウスは、彼が背後から近づいていることは知っていた。それは物思いにふけっていたとしてもわかる。

「姫のことですね？」

ジラルドはユリウスの隣には並ばず、一歩下がった後ろで話す。

「まだ姫と決まったわけではない」

「おや。姫が見つかって嬉しいのではないのですか？」

片方の眉を上げて、美丈夫の背中を見つめる。

「沈没船の探索は打ち切る。島民に充分な報酬を与えるように」

島の労働者たちの体調も気になっていたユリウスだ。

（これで健康を取り戻すだろう）

「わかりました。では明日にも城へ帰れますね？」

「明日？　いや、二日後に戻る」

ユリウスは振り返り、渋い顔でジラルドを注視する。

「わかりました。そのようにしましょう」

ジラルドはなぜ二日必要なのか、尋ねなかった。ユリウスがルチアに惹かれているのがわかっていたからだ。近い将来、ユリウスはエラ……エレオノーラを妻にするだろう。その前に惹かれる娘と過ごすのもよし、と考えていた。

一方、ユリウスはこの二日間で、ルチアに抱く気持ちをはっきりさせたかった。

翌日、朝食のあとドナート医師がルチアの部屋を訪れ、平熱になり体調も回復したことを確認した。

「薬が効いてよかったですよ」

「ありがとうございます」

ルチアは鼻の下にひげをたくわえたドナート医師に微笑む。今朝目覚めたときから、泳げるくらい元気になったのが自分でもわかっていた。

「こちらは先日忘れていったものです。持って帰り、ちゃんと飲むように」

ドナート医師が、白い錠剤の入った小瓶をルチアに手渡す。

「あ……そうですね。ごめんなさい」

すっかり記憶からなくなっていた小瓶を見て、ルチアはポケットにしまった。

そこへユリウスがやってきた。白いドレスシャツ姿の彼は気品に溢れ、近づくことが畏《おそ》れ多いくらいの気持ちになるし、昨日甘くキスをされたことが夢のように思える。

ドナート医師はユリウスに深くお辞儀をして、部屋を出ていった。

ユリウスはルチアの隣に腰を下ろすと、優雅な所作で脚を組む。その一連の動作が流れるように美しい。隣にいてはいけない気がして、ルチアは思わず腰を上げた。

立ち上がったルチアを、ユリウスの瞳が鋭く見る。

「わたし、もう帰っていいと。アドリアーノさま、ありがとうございました」

ルチアは深く頭を下げると、部屋を出ていこうとした。

「ルチア！　なぜ逃げる？」

ユリウスは素早く追って、ルチアの手首を掴む。身体をビクッとさせて振り返った彼女の淡いブロンドが、ふわりとふたりの手に触れる。

「逃げてなんかないです」

「いや、わたしを恐れているようだ。昨晩のことが原因だね？」

ルチアは顔を赤くして下を向いてしまう。

「話がある。座ってわたしの目を見てくれないか？」

ユリウスの切実な声色に、ルチアはやむを得ずベッドに再び腰を下ろす。ユリウスは、窓際に置かれていたひとりがけのソファを彼女の前に持ってきて座った。

「わたしたちは二日後に引き上げる。君たちの労働も終わりだ」

「えっ⁉」

ユリウスと目を合わせようとしなかったルチアだが、驚いて顔を上げた。

（アドリアーノさまが帰っちゃう……？）

もちろん近いうちに町へ戻るのは充分承知していたルチアだが、二日後と知らされて、言いようのない悲しみに襲われる。

「やっと目を見てくれた」

ユリウスは微笑みを浮かべたが、ルチアの顔は泣きそうだ。

「まだ沈んだ船が見つかっていないのに……」

「沈没船の話を少ししよう。十三年前、友好国へ出かけて嵐に遭い沈んだ船に、王弟夫婦と姫が乗っていたんだ」

「王弟夫妻とお姫さまが……」

国王がなぜ沈没船を探しだしたいのか、ルチアにもわかった気がした。

「その沈んだ船に乗っていた姫が見つかった。いや、まだ姫だと断定したわけではないが」

「姫さまが……」

昨日エラの両親が呼ばれていたことを思い出し、ピンときた。

「エラなんですね？」

「ああ……五歳の頃の姫とエラはよく似ているんだ。両親に聞くと、子供の頃に浜辺で倒れているエラを見つけたと……」

「船は見つけられなかったけれど、姫さまが見つかってよかったです」

嬉しいことなのに、ユリウスの顔が浮かない気がして、小首を傾げる。

「ルチア、君の二日間をわたしにくれないか？」

「わたしの……二日間を……？」

意味がわからずポカンとした顔になると、ユリウスが自虐的な笑みを浮かべる。

「わたしはまだ君といたい。君を知りたいんだ。それには二日では短いが、一緒にいたい」

「アドリアーノさま……」

それを聞いて、ルチアも自分に正直になろうと思った。

「わかりました。なにをしましょう？　あ、イルカの友達にも紹介したいです」

純真無垢《じゅんしんむく》なルチアに、ユリウスは苦笑いになる。『なにをしましょう？』と言われて、すぐに押し倒したい衝動に駆られたのだ。

「島を案内してほしい。君とお茶や食事の時間を楽しみたい。だが、イルカの友達はどうだろうか。泳がないと会えないだろう？　まだ君には海に入ってほしくない。ようやく熱が下がったばかりなのだから」

「もう治りました。早く泳ぎたくてうずうずしているんです。明日ならどうですか？」

「……君には勝てないな。わかった。君の体調を見てから決めよう」

「では今日は島の案内をしますね。その前に、おばあちゃんに会って安心させます」

端から端まで三十分もあれば回れてしまう島だが、好きな場所をユリウスに案内できると思うとルチアは嬉しかった。


「おばあちゃん！」

小屋の横の畑で野菜の世話をしていたアマンダに、ルチアは駆け寄った。

「ルチア！」

アマンダは作業をやめて、ルチアを抱き止める。

「よかった、よかった。すっかり動けるようになったんだね？」

「うん。アドリアーノさまのおかげよ」

ルチアの後ろにユリウスの姿を目にして、一瞬、気まずいようにまつ毛を伏せた。

「アドリアーノさま、孫娘がお世話になりました。おかげさまで元気になり、感謝申し上げます」

ユリウスは軽く頷く。

「おばあちゃん、アドリアーノさまに島を案内してくるわ。ジョシュは？」

「ちょっと出ているよ」

いつものアマンダらしくなく、さっさと畑に屈み、作業を始める。ルチアはそんなアマンダに違和感を覚えた。

「……行ってきます。アドリアーノさま、行きましょう」

ユリウスも、愛想《あいそ》のない祖母と自分との間でルチアが困った表情になったのを見て、なにも言わず歩き始めた。

アマンダから離れたところで、ルチアは口を開く。

「おばあちゃんが、すみません……」

「どうやらわたしは嫌われているようだ。そう思われても仕方がない。町の娘でさえ、男とふたりきりで歩くのはよしとされていないからな」

それなのにふたりきりでいる自分はどうなのか、とユリウスは自身で笑う。

（ルチアと一緒にいたい気持ちは確か。それがこんな行動をさせている。一国の国王ともあろう者が）

「わたしは気にしませんから」

ルチアはにっこり笑った。その眩しいくらいの笑みに、ユリウスは目を奪われる。

「君は……」

手の届くところにいるルチアにキスをしたいが、すんでのところで抑えた。

(今は手を繋《つな》いで、エスコートをしながら歩くだけで満足だ)

「君……は……？」

ルチアはユリウスの言葉の続きを聞こうと、首を傾げる。

「とても可愛い」

次の瞬間、顔に火がついたかと思うほど熱くなった。両手を頬で囲む。

「そういうことをいつも女の子に言っているんですね」

あまりにも言い慣れたような感じのユリウスに少し腹が立って、赤くなる自分がバカみたいだと思った。

「いや、君の前に言ったことがあるのは……十三年前かもしれない」

「十三年前？　すごく前ですね。でもそれは、アドリアーノさまが小さい頃ですね」

「そのとき、わたしは八歳だった。ルチア、わたしをユリウスと呼んでくれないか？」

ルチアは名前を呼ぶように言われ、彼に抱きつきたくなるくらい嬉しい。今までよりも親しみが感じられる。

だが、彼は町へ帰る人で、身分が違いすぎる。好きになってはいけない、と自分に言い聞かせた。

ユリウスという名前は、町では珍しくない。島を出たことがないルチアになら、国王だとは気づかれないだろうと思っても、身分を偽っていることが苦しくなってきてもいたユリウスだった。

ふたりで歩いていると、島の者たちが必ずルチアに声をかけてくる。まるで島全体が家族のような感じだ。どこへ行っても注目されてしまい、島を回らずに船で話をしていたほうがよかったのではなかったのだろうか、と後悔していたが、ルチアは楽しそうだ。

ルチアの腰の下まである長い髪は、一本に緩く三つ編みされており、ユリウスはそれをほどき、指を挿し入れて梳きたい衝動に駆られていた。

「この先を行くと、浜辺に出ます」

ユリウスはエラが倒れていたという浜辺に興味が湧いた。

その浜辺から臨める海は遠浅で、外洋とかなり距離があるようだ。境目があるように、手前はエメラルドグリーン、その奥は濃いブルーの海が広がっている。まるでユリウスとルチアの瞳のようだ。

浜辺には誰もいなかった。

「美しい眺めだ」

心が洗われるような景色に、ため息を漏らしそうになる。

「はい。この先に洞窟があって、そこの岩から海を眺めるのが好きなんです」

「連れていってくれないか」

ルチアは了承の代わりに笑顔になって歩き始める。そこで小石につまずき、転びそうになった。

「危ない！」

人より優れた反射神経を持つユリウスに、ルチアは身体を支えられ、なんとか転ばずに済んだ。

「ありがとうございます」

足元を見ると、長い間使っているサンダルの紐《ひも》が切れてしまっていた。ユリウスはルチアを抱き上げる。

「ユ、ユリウスさまっ⁉」

「洞窟まで行ったら、サンダルを直そう。わたしの首に腕を回して」

手が心もとなくて戸惑ったのち、ユリウスの首へ回すと、彼は歩きだす。まるでお姫さまになったかのような気分を覚えるルチアだった。

そうして少し行った先に、狭い洞窟が現れた。その前に平らな岩がある。

ユリウスはこのままずっとルチアを抱いていたかったが、岩の前まで来ると、そっと下ろした。

「ありがとうございました」

彼はルチアの目の前にしゃがみ、右足のサンダルを脱がせ、切れた紐を結び始める。

「あ、わたしが……」

ルチアはサンダルを取り上げようとするが、ユリウスは譲らない。

ユリウスはこんなに質素なサンダルを手にするのは初めてだった。胸が痛みを覚える。城へ連れていき、ルチアを着飾らせ、贅沢《ぜいたく》をさせたいという思いが頭をよぎる。

「できた」

紐を結び終え、丁寧な仕草で履かせると、足の甲に唇を落とす。

「ユリウスさまっ！」

ルチアはまさか足の甲にキスされるとは思っていなかった。

「すまない。君の足が可愛くて、つい唇で触れたくなった」

そう言って美麗な微笑みを浮かべたユリウスは、彼女の隣に腰かける。

「……ありがとうございます」

ルチアの頬がピンク色に染まっていた。

空は雲がところどころにあるだけで晴天。潮風が気持ちよく頬を撫でていく。

「ここの海は、サンゴと小さな魚がいるんです。可愛い魚を見るのは好きだけど、サンゴは足を傷つけると膿《う》んでしまうから、みんなはあまり来ないんです」

「それは危ないな。傷口が膿むと切断するような大事にもなりかねない」

戦場では他人事ではない。ユリウスは何人もそういった者を見てきた。

「切断……」

想像してしまったルチアはブルッと震える。

「だからそんな目に遭わないよう気をつけてほしい」

目の届くところにいつもいてほしい。その言葉が喉まで出かかったが、ユリウスは堪えた。


それからルチアはいろいろな話をしてユリウスを楽しませた。普段は笑い声を上げないユリウスだが、ジラルドが聞いたら目を丸くさせるほど、ふたりはお腹を抱えて笑った。

そろそろ太陽が落ちてくる時間になった。かなり長い時間をここで過ごしたが、まだまだいられるくらい楽しく、充実していた。だが、ジラルドが心配する頃だ。

「船で一緒に夕食を食べよう」

「ユリウスさま、今日はもう帰ります。おばあちゃんが気になって……」

「……わかった。だが明日は、夕食まで付き合ってくれるね？」

ユリウスといられるのも明日まで。ルチアは切なくなって、コクッと頷いた。


ユリウスに家まで送られて中へ入ると、床の上でゴロゴロしていたジョシュが起き上がってルチアを見る。

「ルチア！　遅かったじゃないか。病み上がりなのに」

ジョシュはユリウスを見たことがなかったが、アマンダから彼の容姿を聞いて、ずっと落ち着かなかった。ユリウスにルチアを取られるのではないかと心配している。

「そんなに遅くないでしょ」

ルチアは夕食の用意をしているアマンダの元へ行く。

「おばあちゃん、ただいま」

「おかえり」

アマンダの顔を見て、まだ機嫌が戻っていないことを悟る。

（どうしたんだろう……いつものおばあちゃんじゃないみたい）

叱られることも多いが、いつもならすぐに普通に接してくれるようになるアマンダなのだが。

夕食はシーンと静まり返っていた。最初は船の中のことを話していたルチアだが、ふたりのあまりの反応のなさに黙る。

息が詰まるような夕食が終わり、片づけてひと息ついたルチアの目に、部屋の隅のアローラから借りた服が映る。

明後日の朝、帆船は出てしまう。服を持って外に出ると、ランプの明かりを頼りに洗い始めた。

「ルチア」

ジョシュがいつの間にか目の前に立っていた。

「ジョシュ、どうしたの？」

「エラが姫さまかもしれないって？」

エラから午後に話を聞いて、ジョシュは驚いていた。ルチアから少し離れた古い丸太に腰を下ろす。

「うん……びっくりしたね。寂しくなっちゃう。ジョシュもそうでしょ？」

洗ったブラウスの水滴を絞り、皺を伸ばしてロープにかけると、スカートも同じく洗う。

「俺は、お前じゃなくてよかったと思った」

「……エラはジョシュが好きなのに」

自分の言葉を聞いていないフリをするルチアに、ジョシュは苛立つ。

「俺は早く、船もろともお偉い貴族がいなくなってほしいね！」

「ジョシュ！　なんてことを言うのっ！」

暴言を吐いたジョシュに、ルチアは立ち上がって怒りを露《あら》わにした。彼はそんなルチアを無視して小屋へ戻る。

乱暴に布を捲って中へ入ったジョシュが消えると、ルチアの口からため息が漏れる。

（エラが行ってしまうのが嫌で、あんな態度を取っているの？　わたしは……ユリウスさまに行ってほしくない……。でもそう思っても無理な話。ユリウスさまには、エラを連れて国王に会わせる任務があるのだから）

翌朝、アローラから借りていた服は乾いており、きちんと畳むと帆船に向かった。

桟橋に着くと、バレージがいて近衛隊にいろいろ指示をしている。ルチアに気づいて近づいてきた。

「お前には、女ながら無理をさせたな」

「いいえ……」

「これも国王の命令だ。許してくれ」

バレージに謝られて、ルチアは困惑する。労働を酷使させたバレージの印象は嫌な男で、謝られてもそれは変わらない。

「わたしたちは先に戻ることになった。町に住みたくなったら、いつでも来い。俺の妾《めかけ》として養ってやる。俺ならばいつも一緒にいて愛してやるぞ」

「な、なにを言ってるんですかっ」

「アドリアーノ侯に色目を使っても無駄だぞ。町に行けば、お前なんかあの方と目を合わすことさえできないんだ。俺にしておけ。待っているぞ。ここへ迎えに来てやってもいい」

バレージの言葉に驚き、呆気に取られる。そこへ——。

「ルチアさん、アドリアーノさまがお待ちです」

ジラルドだった。ルチアにそう言い、バレージに向き直る。

「バレージ子爵、もうそろそろ出航ですね。気をつけてお戻りください」

そう言って、ルチアをユリウスの帆船へ促した。

狭い階段を上りながら、前を歩くジラルドは突然立ち止まり、振り返る。

「あの男の言うとおり、アドリアーノさまは本来、あなたのような者が会える方ではないのです。せいぜい今日を楽しむことです」

ルチアは身分の差を思い知らされたようで、シュンとする。

「……わかっています」

それはもちろん理解している。でも、たとえ今日だけでも、ユリウスと一緒に過ごしたかった。

狭い階段を上り甲板に出ると、昨日と違う皺ひとつない空色のドレスシャツを着たユリウスが奥からやってきた。

「ルチア、遅かったじゃないか。わたしのほうから行こうと思っていたところだよ」

「おはようございます」

バレージやジラルドに言われたせいか、ルチアはぎこちなくなって挨拶しか言葉にできない。

「もしかして具合が悪いのかい？　熱がぶり返さないとも限らない」

ユリウスはつかつかとルチアに近づき、おでこに手を当てた。

「あっ、いいえ――」

「熱はないようだ」

「はい、もう元気です。あ、これ、アローラさんから借りた服です」

ルチアはアローラの姿を探して、甲板奥の部屋に視線を向ける。

「ジラルド、アローラに渡しておいてくれ」

後ろで控えていたジラルドにユリウスが指示をする。ジラルドはルチアから服を受け取り、中へ消えた。

「ルチア、昼食を持って昨日の洞窟へ行こう。あの景色を眺めながら食べれば、きっと、より美味《おい》しいだろう」

「はい。もちろんです。ここのお料理は最高ですから」

ジラルドがすぐに、籐《とう》で編んだバスケットを持ってやってきた。

ルチアとユリウスは昨日の洞窟の前で海を眺め、他愛のない話をしていた。

「午後はわたしの友達に会ってくださいね」

ルチアは島では食べられない肉や野菜がたっぷり入った、美味しいサンドイッチを頬張っている。

「友達？」

「イルカの友達です。ベニートと名前をつけたんです」

隣に座るユリウスに、にっこり笑う。

「熱が下がったばかりなのに、心配だな」

「もうなんともないです。きっとベニートもわたしを心配していると思います」

毎日のように海で一緒に泳いでいたのに、ここ数日会えていない。きっと待っているはずだと思っている。

「わかった。わたしも泳いで、ぜひルチアの友達を紹介してもらおう」

ユリウスと一緒に泳げることになって、ルチアの顔がさらなる嬉しさでほころんだ。


しばらくしてふたりは帆船の前まで戻った。カタリナ号はすでに出航したあとで、ユリウスの帆船だけになっていた。

ユリウスが見張りの近衛兵にバスケットを預けていると、その横でルチアが綺麗な放物線を描いて海へ飛び込んだ。

「ルチア！」

彼女はすぐに海面に顔を出して、ユリウスに手を振る。淡いブロンドの髪が海面にぷかぷか浮かび、本当の人魚のようだ。

「ベニートを探してきます！」

それだけ言って、ルチアは自由に泳ぎだす。

ユリウスは生き生きと泳ぐルチアを見て、ほんの少し寂しさを感じ、小さなため息を漏らした。帆船から少し離れた岩に立ち、彼女を見守る。

ルチアはすぐにベニートを連れて、ユリウスの足元に現れた。ベニートと一緒に顔を出して楽しそうに笑っている。

立ち泳ぎをしながら、ユリウスをベニートに紹介する。ベニートは彼を見て、まるで笑っているような声を出す。

「ユリウスさまが気に入ったみたい。一緒に泳ごうって言ってます」

ユリウスはその場でブーツを脱ぐと、ルチアとベニートを超えて海に飛び込んだ。ベニートは嬉しそうにユリウスのまわりを泳ぎ回る。ルチアもユリウスの左手を掴むと、泳ぎ始めた。

ルチアほど泳ぎが達者ではないユリウスは、少し経つと早くも呼吸が苦しくなってきた。それがわかったルチアは、彼を海面に引っ張る。

「はぁ……はぁ……」

海面に顔を出したユリウスは、大きく呼吸を繰り返す。

「大丈夫ですか？」

「君はすごいな。まるで魚のように自由に泳げる」

「幼い頃から泳いでいるから。戻りましょう」

ユリウスを疲れさせないよう、ルチアは岸に上がりやすい浅瀬へ彼を案内する。

ふたりは桟橋からちょっと離れた岩に上がった。ルチアは長い髪を片方に流して、海水を絞る。

ユリウスにとって、イルカと一緒に泳ぐのは初めての経験だった。

「ルチア、楽しかったよ」

少年のような屈託のない笑顔になるが、髪を絞っているルチアを見て顔をしかめる。

「ベニートも嬉しそうでした。……な、なにをしているんですかっ？」

ユリウスは空色のドレスシャツを脱いでいる。ジョシュの上半身は頻繁に目にしているが、彼よりも綺麗な筋肉がついている身体に、ルチアは慌てて後ろを向く。

「君はいつも、美しい身体の線を見せているのかい？」

ドレスシャツの水滴をぎゅっと絞り、ユリウスはルチアの肩に羽織らせて振り向かせる。

そんなふうにされると、自分の身体の線をさらしてしまっていることを意識してしまう。上半身裸のユリウスをまともに見られないルチアは、俯いたままだ。

「わたし、着替えてきます」

「それなら船で風呂に入るといい」

「着替えがないので。走って帰りますから、これはいいです」

羽織らされたドレスシャツを脱ぐと、ユリウスに返す。

「羽織っていなさい」

「こんなに高価な服に、なにかあったら申し訳ないので」

「これの一枚や二枚、どうってことない。返さなくていいから。ちょうど君の上着代わりになる」

ユリウスはもう一度ルチアに着せた。

「着替えたら戻ってきてくれるね？　今日はまだ終わっていない。夕食を一緒に食べる約束だよ」

ルチアはコクッと頷き、家に向かって走りだした。

島の男が捕ってきた魚と肉料理の夕食は、ルチアにとって今まで食べたことがない豪華な料理だった。魚は深い味わいのあるクリームソースがかかっている。こんなに美味しい料理はもう食べられないだろう。

素晴らしい料理に、ルチアは舌鼓を打っていた。甲板の上での夕食。テーブルの上にはキャンドルが置かれ、島で咲いている白い素朴な花が添えられている。

ルチアにとってなにもかもが初めてのことで、ユリウスにナイフとフォークの使い方を教えてもらいながらの楽しい時間だった。

給仕する者も最初だけで、今はふたりきりだ。しかし、あと数時間経てば、もう会うこともなくなる。

明日、ユリウスが出航するとき、ルチアは見送らないつもりだった。去っていく船を見るのはつらい。

「ルチア」

ユリウスのキャンドル越しの真剣なまなざしに、かすかに緊張が走る。

「明日は気をつけて帰ってくださいね。お天気はよさそうなので、きっと気持ちがいいですね。あとでエラにお別れを言わなきゃ」

悲しそうに見えないように、にっこり微笑む。

「ルチア、わたしと一緒に来てくれないだろうか？」

予想もしていなかったユリウスの言葉に目が大きくなり、唖然とする。

「ユリウスさま……？」

「この数日間で君を愛してしまった」

ユリウスは真摯に、エメラルドグリーンの瞳でルチアを見つめる。

「いろいろと苦労をかけるだろう。しかし、君を手放したくない」

「わたし……」

ルチアも、こんなにも短期間で愛してしまったユリウスと別れるのはつらい。だが、島にアマンダを置いてはいけない。町を嫌っている彼女は絶対に行かないだろう。

「苦労はかけてしまうが、不自由はさせないと誓う」

ユリウスは手を伸ばし、ルチアの手に重ねて握る。

「ユリウスさまのことだから、大事にしてくださると……思います。……だけど、わたしは町へは行けません」

「なぜだ⁉」

ルチアの手を握る力が強くなる。

「おばあちゃんを置いていけません。おばあちゃんは絶対に町では暮らせないから」

アマンダを大事に思っているが、ユリウスを愛する気持ちもある。だが、ついていけば、慣れない生活に自分が馴染めるのか……不安もある。断るためにはアマンダの件を持ち出すしかなかった。

「ルチア、よく考えてほしい。ここにいても毎日同じことの繰り返しだ。ラーヴァで暮らせば音楽や絵を習ったり、好きなことができたりするんだ。美味しいものも食べられて贅沢できる」

「それも素敵なことだと思います……でも……」

ユリウスの言葉にルチアの心はぐらつきそうだ。しかし、そこで年老いたアマンダの顔が脳裏に浮かぶ。ルチアは小さなため息をつくと口を開く。

「わたしの好きなことは……今の日常です。海に入ってベニートや亀と遊んだり……。それにそのうち……わたしはジョシュと結婚して子供を育てることになると思います」

ユリウスの双眸が大きく見開かれる。

「ルチア！　君は好きでもない男と結婚して子供を？　そんなバカな！」

「今は恋人じゃないけれど、おばあちゃんも言っていました。愛されて結婚すれば、幸せになれると」

本当はジョシュと結婚する気もない。ましてやユリウスにされたようなキスをするのは、絶対に嫌だ。だが、町へ行かない嘘《うそ》の理由をルチアは紡いでいた。

ユリウスは突然立ち上がり、甲板の縁に近づいてルチアに背を向ける。

（ユリウスさま……）

薄明かりに浮かぶ美丈夫の肩が、こわばっているように見える。

ルチアはそっと椅子から腰を上げた。

「ユリウスさま、さようなら……」

その声にピクッと肩を揺らし、ユリウスは振り返る。

「ルチア、考える時間をあげよう」

「時間があっても無理です……」

今朝のバレージとジラルドの言葉が思い出される。

『町に行けば、お前なんかあの方と目を合わすことさえできないんだ』

『あの男の言うとおり、アドリアーノさまは本来、あなたのような者が会える方ではないのです。せいぜい今日を楽しむことです』

マナーも知らない島の粗野な娘と貴族の恋は、あり得ないのだ。

ルチアは船の先へ歩く。

「さようなら」

「ルチア！」

ユリウスに微笑むと、かなり高さのあるそこから海へと飛び込んだ。ほとんど音のしない着水のあと、静かになる。

ユリウスは悲痛な面持ちで、暗い海をしばらく見つめていた。

ルチアは濡れたままでエラの家に向かった。別れを言うためだ。

「ルチア、泳いだの？」

呼ばれて外に出てきたエラは、弾んだ声で言う。

「ちょっと泳ぎたくなって。明日行っちゃうでしょ。お別れを言いに来たの」

「うん。ルチア、今までありがとう。まさかわたしがお姫さまかもしれないなんて！町へ来たときには訪ねてきてね」

町に住みたかったエラは、別れでしんみりするよりも新天地への期待で明るくはしゃいでいる。

「うん。今度ジョシュと行くね」

ユリウスとの別れで胸がしくしくと痛むルチアは、無理に笑みを作る。

「濡れちゃっているから抱きしめられないけど、エラ、頑張ってね。じゃあ、おじさんとおばさんにもよろしく」

手を差し出して握手を交わすと、そこからとぼとぼと歩きだした。
ユリウスと一緒に行けるエラが羨ましい。けれど、行かないと決心したのは自分だ。
家へと向かうルチアの目から、とめどなく涙が溢れていた。

第四章　嵐の夜に知った真実

ユリウスとエラ一家の乗る帆船をこっそり見送ってから、一ヵ月が経った。

時が経ってもルチアのユリウスへの想いは日を追うごとに増してきて、胸が苦しくなるばかりだ。

彼と出会う前までの元気もなくなり、最近は洞窟の前でぼんやり海を見て一日が終わる。そんなルチアに、アマンダもジョシュもつらい思いを抱える。

夕食を食べているときだった。誰も会話をしないまま、黙々と焼き魚を口に運んでいると、ジョシュが口を開いた。

「ルチア、町へ行ってみないか?」

「……えっ?」

「買い物もあるし、おじさんのところに泊まって、エラにも会ってこよう。日が昇る前に出れば時間もたっぷりある」

(町へ行けば、ユリウスさまに会える?)

いや、たった一泊しかない滞在ではそれは無理だろうとも考える。住んでいる場所も知らないのだ。

それでもルチアは町へ行きたいと思った。

「うん……行きたい。おばあちゃん……行ってきていい？」

今まで町へ行きたいと言ってもアマンダが反対してきたため、今回もおそるおそる聞いてみるルチアだ。

「ああ、いいよ。楽しんでおいで」

初めて、町へ行ってきていいとアマンダが言う。ルチアの落ち込みように心を痛めていたせいだ。気分転換をさせてあげたかった。

「じゃあ、今日は早く寝て、早朝に行こう！　長老に船を予約しておいたんだ」

ジョシュも、久しぶりに町に行けると嬉しそうだ。

島に船は一隻しかなく、燃料などは乗った者が補充する決まりになっている。ただ、その船を動かせる者はジョシュを入れて三人と限られているのだが。

翌朝、太陽が出る前に、ルチアとジョシュは桟橋へ向かった。ユリウスの乗っていた帆船なら四時間ほどで町に着くが、馬力の小さな船では六時間はかかる。町へ着くのは昼前になるだろう。

「町で美味しいものを食べような」

船の前に座っているルチアは、まだひんやりする風を避けるために毛布を身体に巻いている。

「そうだね……」

町でもしユリウスの居場所がわかったとしたら、と思うと、ルチアの気持ちが浮き立ってくるのがわかった。

（もしも願いが叶うのなら、ユリウスさまの顔が見たい……それだけ……）

次第に明るくなってくる海を見つめていた。


六時間後、船はラーヴァの港へ到着した。港の管理人に係留料を払い、ふたりは町に繰り出した。

初めて町を訪れたルチアは、人の多さに目が回りそうになる。いろいろな色彩が目についた。

漁師風な人もいれば、商人らしき口ひげをたくわえた男、ルチアが見たこともないフリルたっぷりのドレスを着て、お付きの者と歩いている貴族であろう令嬢も。

「すごい人……」

「ああ。ラーヴァは首都でもあるから活気があるんだよ。あそこ、見てみろよ。ラウニオンの国王の城だ」

ジョシュの指差したほうを仰ぎ、視線を向けると、そびえ立つ城が見えた。レンガの城の塔から、ラウニオン国の紋章が入った旗が風にはためいている。

「エラはあのお城にいるの？」

遠目から見ても、歴史がある威風堂々たる城だとわかり、手入れが隅々まで行き届いているようで美しい。

「たぶんな。あとでおじさんとおばさんを訪ねよう」

港から一本隣の通りに入ると、そこは活気ある市場になる。

「お！　ルチア、搾りたての牛乳を売ってるぞ。好きだったよな」

ジョシュは町へ来るといつも、ルチアへの土産《みやげ》に牛乳を買うが、町から島までの間に絞りたてではなくなってしまう。しかし、ルチアはそのほんのり甘い飲み物をいつも喜んでいた。

「搾りたてなのね！　美味しそう」

彼女は潜った労働で得た賃金を持ってきていた。数日は町で過ごせるほどの金額だ。

「おばさん、二杯ちょうだい！」

「おや、お前さんはなんて美人さんなんだろう！」

ルチアがお金を払おうとすると、ジョシュが先に店主の女性に渡す。

「ねえ、いつもより賑《にぎ》わっている気がするけど、祭りでもあるのか？」

今日は人が多く、露店もたくさん出ている。

「ああ、ユリウス国王がエレオノーラ姫とご婚約なさったんだ。各国から祝いに駆けつけた要人たちなどもいるから、すごい活気なんだよ」

牛乳の紙コップを持っていたルチアは、ユリウスの名前を聞いて驚いた。手から紙コップが滑り落ちる。

「おや、もったいない。いいよ、特別にもう一杯あげよう」

優しい女店主は紙コップに牛乳を注いでいるが、ルチアはそれどころではない。

「おばさん、国王さまはユリウスって名前なの？」

身を乗り出して女店主に聞く。

「ああ、素晴らしいお方さ。ユリウス国王は国一番といわれるほどの美形でね、貴族の娘たちはショックを受けているのさ。お相手がエレオノーラ姫では、どうあがいたって勝てない、と。あたしら庶民は関係ないけどね」

ルチアの手は紙コップを受け取れないほど震えていた。

「ルチア、どうしたんだ？　おばさん、ありがとう」

ルチアの代わりにジョシュが紙コップを受け取る。それから顔色が一気に悪くなった彼女を、人通りが少ない、小さな黄色い実をつけた木の下まで連れてくる。

「人が多すぎたか？　顔色が悪いぞ」

木のまわりに置かれた石の上にルチアを座らせる。

「……ジョシュ……エレオノーラって、エラのことだよね……？」

「ああ、おそらくな。姫って確定したんだな。すごいよな。あのエラが国王さまと結婚するなんて」

突然、ルチアの大きな目から涙がポロポロこぼれ始め、ジョシュは驚く。

「お、おい？　どうしたんだよ？」

「……ユリウスって……アドリアーノさまの名前なの。バレージやジラルドさまが言っていたわ。あの方は普通なら目も合わせられない人だって……きっとユリウスさまは国王……」

悲しくなって、ルチアは両手で顔を覆った。

「ルチア……ユリウスって名前は町では珍しくないって。よく泊まっている宿の主人も、確かユリウスだったし」

ユリウスの申し出を断った自分には泣く資格などないとわかっているのに、ルチアは悲しくて胸が苦しい。

「でも買い物の気分じゃないよな。ルチア、確かめに行くぞ！」

「確かめに行くって、どこへ……？」

ジョシュに立たされて、涙を手の甲で拭きながら彼を見る。

「おじさんたちのところだよ。半月前に来たとき、泊めてもらったんだ。行こう」

ルチアはジョシュに手を引かれ、歩き始めた。

（話を聞くのが怖い……）

だが、ユリウスがアドリアーノ侯なのか真実を知らなくては、とも思う。知るのが怖かったが、勇気を出してジョシュのあとをついていった。


エラの養父母の家は、市場から三十分ほど歩いた壮観な家が建ち並ぶ一画にあり、ひときわ大きな屋敷だった。

「島の生活と、まったく違うんだね……」

屋敷を取り囲む鉄柵は、かなりの距離だ。門に衛兵が立っている。姫の育ての親なので、手厚い警護がなされているようだ。

ジョシュは衛兵に名前を言って、取り次いでもらう。屋敷へ確認しに行った衛兵が戻ってきて、ふたりを通す。

背丈の二倍はありそうな扉が開かれ、広い部屋に通されたルチアとジョシュ。屋敷は帆船のような豪華な内装だ。

座り心地のいい花柄のソファに座って待っていると、男性が現れた。

「やあ、ジョシュ。ルチアと一緒に町へ来るなんて珍しい」

すっかり、洗練された町の人のようなシャツとズボン姿のエラの養父だ。

「ばあちゃんが許してくれたんで、遊びに来たんだ。おじさん、エラは国王と結婚が決まったのか？」

ジョシュが話を切り出す。

「ああ。もともと生まれたときからの約束だったようだ」

足首までのシンプルな紺色のドレスにエプロンをつけたメイドふたりが、お茶と焼き菓子を運んできた。

「おじさん……国王さまは、島に来た……アドリアーノさま？」

ルチアは勇気を出して聞いた。

「そうだ。アドリアーノ候と言っておられたが、実は国王さまだったんだ。それには驚くばかりだったよ」

ルチアの心臓が大きくドクッと鳴って、それからしくしくと痛み始めた。

「おや、ルチア、どうしたんだい？　ああ、島では娘よりお前のほうがユリウスさまに目をかけられていたな」

意地悪な言い方ではなく、心配そうな声色だ。

「ジョシュ……島に……帰りたい」

婚約で賑わう町に、いたくなかった。

「今帰れば……遅くならないうちに、着くよね？」

「ん、ああ。そうだな、帰ろう」

ショックを受け、青ざめているルチアをジョシュが立たせる。

「今日は帰るよ。ルチアの具合がよくないんだ」

「そうかい……泊まっていってほしかったが」

大きな屋敷の主人となったエラの養父に見送られて、ふたりは港に向かった。

島が遠目に見えてきた頃、太陽が沈み、月が出ていた。月明かりを頼りにジョシュは船を島に近づける。

ルチアは船に乗ったときから横になり、目を閉じていた。これでルチアは自分のものになってくれるだろうと密かに安堵しているジョシュだが、今の彼女は見ていて痛々しい。

(ルチアがこの恋を忘れるのはいつだろうか)

もうそろそろ自分も、待てないところまで来ていた。今、このときでもルチアを抱きたい欲望が湧いてくるのだ。

「ルチア、もう着くぞ」

ジョシュの声にルチアが身体を起こしたとき、船は島の桟橋に到着した。

船が流されないようにジョシュが桟橋の木にロープで縛っていると、ルチアは力なく歩きだした。

素早くロープを縛り終えたジョシュは、先を歩くルチアの手を掴み、家とは別の方向へ歩きだす。

「ジョシュ……?」

黙ったまま、ルチアを引っ張るようにして歩き続ける。

「どうしたの?　ジョシュ、痛いよ。ねえ!」

向かっている先は小屋がひとつもない草むらだ。ひとことも話さず強引に連れていくジョシュに、ルチアは怖くなった。

「帰りたいの！　放して！」

強く言うとジョシュの足が止まった。そして振り返った彼に強く抱きしめられる。

「っ！　嫌っ！　やめて！」

ジョシュの腕の中で暴れるルチアだが、海で鍛えている彼の腕は強く、ほどけない。

どうにかしてジョシュから離れようとしているルチアの唇が、乱暴に塞がれた。ユリウスとは違う荒々しいキスだ。

「んーっ」

口をぎゅっと閉じるが、いとも簡単に舌でこじ開けられる。彼の生ぬるい舌がルチアの口腔内《こうくうない》に侵入した。

ルチアはジョシュの胸を自分の手が痛くなるくらい叩くが、キスがやむことはない。

そうしているうちに押し倒され、粗暴なキスはさらに深いものになっていく。

スカートの裾から手が入り込み、内側の腿《もも》を撫でられる。力を振り絞って、ジョシュの顔を引き離す。

「嫌だ！　やめてよ！　こんなのジョシュらしくないっ！」

「俺らしいってなんだよ！　お前の気持ちが俺に向くのを、ずっと待っていたんだ！

俺がお前を抱いて国王のことなんか忘れさせてやる！」

ジョシュは荒々しく言いきると、再び唇を塞ぎ、形が変わるほど胸を揉む。

ルチアはどうにか逃れようと足をバタつかせ、ジョシュの力が緩んだ隙に起き上がった。

「もう二度とこんなことしないで！　わたしに触れたら、絶対にジョシュを許さないから！」

ルチアは駆けだし、海に向かって飛び込んだ。


しばらくして家に戻ると、ジョシュはおらずアマンダだけだった。

「どうしたんだい？　明日帰るんじゃなかったのか？」

「ジョシュは？」

「帰ってきてからすぐ、マリオのところへ行ったよ。酒を飲むらしい。それより、一日も海に入らずにいられないのかい？　早く身体を洗ってきな」

びしょ濡れのルチアに、アマンダは普段と変わらず言う。

ジョシュが三歳年上の仲がいいマリオのところに行ったと知って、ホッと安堵したルチアは、塩水を洗い流しに着替えを持って家の外へ出た。

少ししてさっぱりしてから戻ると、アマンダはもう床に横になっていた。ルチアは彼女の隣に横たわり、目を閉じる。いつもはちょっと離れた場所に寝るのだが、今日はアマンダの隣で安心して眠りたかった。ジョシュが帰ってきたら、と思うと怖かったのだ。

暗がりで目を閉じ、歯を食いしばる。ユリウスとエラのことを思い出して、嗚咽《おえつ》が込み上げてきた。

（ユリウスさまが、まさか国王さまだったなんて……。一緒に来てほしいって、どういうつもりで言ったの？　身分違いにもほどがあるのに……）

ユリウスのことを思うと、胸が締めつけられるように痛む。

（これはいつなくなるのだろう。しばらくは無理そう）

大好きなエラが幸せになるのは嬉しいことだ。ユリウスなら彼女を幸せにしてくれるだろうとも思う。

ユリウスを忘れよう。そう誓ったルチアだった。

翌日、少し遅めに目を覚ましたルチアはアマンダを探しに家を出た。ジョシュはまだ帰ってきていないようだ。

そこでちょうどアマンダが桟橋の方角から姿を現し、戻ってきた。皺がたくさん刻まれた顔は心配そうだ。

「おばあちゃん、どうしたの？」

「まったく、若いやつらは」

ルチアは首を傾げてアマンダを見る。

「昨晩、ジョシュとマリオが酒を飲んでいただろう？　調子に乗って南側の海に入ったんだ」

南側の海には、ルチアがユリウスを連れていったサンゴ礁がある。

「マリオがサンゴ礁で足を切ったんだよ。ひと晩経って起きてみれば、足が倍に腫れ上がっていたのさ。熱も高くてな。ジョシュが町へ連れていったよ」

「まあ……」

腫れ上がっているということは、化膿しているかもしれない。ユリウスが切断もあり得ると言っていたのを思い出す。

「本当にバカなやつらだよ」

アマンダはそう言いながらも心配そうだった。

マリオのことは心配だが、ジョシュがこの分だと明日か明後日まで島にいないと思うと、ルチアの心は安らぐ。

「……おばあちゃん、今日はいつもより風が冷たいね」

空を仰ぎ見る。今は白い雲がところどころにあるくらいの晴天なのだが、遠くに黒い雲が見える。数時間後には雨が降りそうだ。

「ああ。昼から降ってきそうだ」

アマンダは家の中へ入っていった。

ルチアは久しぶりに絵を描きたくなり、道具を持って洞窟へ行った。娯楽のない島での彼女の楽しみは、泳ぐ以外には絵を描くことだった。特に上手なわけではないが、なにも考えたくないときに描きたくなるのだ。


午後になると空が暗くなり、雲行きが怪しくなってきた。

「すごい雲……すぐに雨が降ってくるね」

広げていた絵の道具を籠にしまって、家に向かって歩き始めた。

小屋の中へ入った途端、土砂降りの雨が降ってくる。

「おばあちゃん、すごい雨よ」

「ああ。風も強くなってきたし、これは荒れるね」

布を垂らしただけの入口にアマンダは板を置き、雨が吹き込んでこないようにしている。

外はビュービューと鳴る風の音が怖いほどで、ルチアは次第に不安になってくる。しばらくすると、今までこんなに荒れた雨を経験したことがないほどの嵐になった。

空がピカッと光り、ドーン！と耳をつんざくような音がする。視界が見えないくらいの豪雨では、島民は家から出られない。いや、出たとしてもどこへも避難する場所がない。

「このままだと、小屋がもたないかもしれない……」

「そんな！」

屋根が吹き飛ばされるのも、もうすぐかもしれない、とアマンダは天井を心配そうに見る。

彼女は十三年前、これくらいひどい嵐を経験したことがある。あのときは島中の家という家が吹き飛ばされ、死者も出た。この嵐はそれ以上の規模かもしれない。

不安そうに隙間から外を覗くルチアの背中をアマンダは見つめた。島民全員が命の危険にさらされている。こんなことなら……と後悔していた。

（自分のわがままでルチアを不幸にしてしまったことに、神さまが怒っているのだ。

これは天罰だ）

「ルチア……可愛いルチア……」

小さく呟《つぶや》いた。嵐の音が大きすぎて、ルチアの耳にアマンダの声は届かない。

ふとルチアが振り返ると、アマンダは床の板をはがしていた。

「おばあちゃん、なにをしているの？」

身体を起こしたアマンダの手に、手のひら大の大きさの箱があった。

「その箱は……？」

この嵐をどうやり過ごせばいいのか焦っていたルチアは、箱を持ったアマンダを見てキョトンとした顔になる。

「ルチア、お前に言わなければならないことがある。わたしを許しておくれ……」

「おばあちゃん、なにを言ってるの……？　きゃっ！」

荒れ狂った暴風に小屋が激しく揺れ、恐怖で身を縮こめる。

アマンダは箱を開けて、中から大きな美しいサファイアのペンダントを取り出した。

「お前が浜で打ち上げられていたとき、これを身につけていたんだ」

「おばあちゃん、よくわからない。意味が……これはなに？」

ルチアはサファイアのペンダントとアマンダを交互に見る。

「これはとてつもなく高価な宝石で、サファイアというんだ。これを持っていたのはお前だ。お前が姫なんだよ！」

ルチアは口をポカンと開けたのち、頭を強く左右に振った。

「そんな……だって、おじさんたちはエラを拾ったって……」

「お前と離れたくないわたしのわがままで、そう話すように頼んだんだ。エラ一家は島を出て、町で暮らしたがっていたからね」

アマンダはルチアの後ろに回ると、華奢な首にサファイアのペンダントをつけた。ひんやりしたペンダントが首元に当たり、ブルッと身を震わせる。

「ひどい……」

「ルチア、ごめんよ。お前の人生を狂わせてしまった！　そのせいで今もこの嵐に命をさらしている！」

アマンダは悔恨のあまり床に座り込み、号泣している。

「でもエラのほうが、小さい頃の姫に似ているんでしょ？」

「それは偶然だよ。お前を助けたときはエラのように髪が短かったし、今よりも黄金のようなブロンドだった。海に潜っているせいで白みがかっていったんだ。そして面影を残さないよう、わたしが髪を切らせなかった」

そのとき、バリバリバリバリ！と屋根がはがれるものすごい音がして、雨と豪風がふたりを襲う。

「おばあちゃん！」

屋根の次は壁だった。暴風に飛ばされた壁が、ふたりめがけて飛んできたのだ。

ルチアは咄嗟にアマンダをかばい、盾になる。次の瞬間、ひどい痛みを一瞬感じたのち、すぐに意識を手放した。


城の一室にいるユリウスは、外のひどい嵐に不安が広がっていた。

「この嵐はまだやまないのか！」

荒れる海を城の執務室から見て、拳を机にぶつける。

外は暗く、轟音《ごうおん》を響かせている。こんなひどい嵐はユリウスが生きてきた中で初めてのことだ。

「今夜遅くには去っていくかと思われますが、今はまだ……」

ジラルドも荒れ狂う嵐に、町を危惧している。しかしユリウスが懸念しているのは島にいるルチアだ。

「船を出す」

「ユリウスさまっ!?　いったいなにをおっしゃるんですか?」

「島へ向かう。ルチアが心配だ」

　この一ヵ月、ユリウスの心にあったのはルチアだった。島を離れるのを嫌がろうが、なんとか説得して連れてくるべきだった、と後悔していた。

「今船を出せばすぐに沈没します！　無理なことをおっしゃらないでください。それに、島にこの嵐は影響していないかもしれません」

　執務室を行ったり来たり……その間に足を止め、窓の外を注視するユリウスに、ジラルドは首を大きく横に振る。

「こんな規模の嵐は初めてだ。きっと島にも及んでいるはずだ。島はどんな状態になっているだろうか?」

（これほど海が荒れているのならば、島などひと呑みかもしれない。いくらルチアが泳ぎに長けていても、体力の限界がある）

　ユリウスはいても立ってもいられない。

　そこへ執務室にノックの音があり、エラが姿を見せた。

「ユリウスさま、エレオノーラさまがいらっしゃいました」

　エレオノーラと名前を変えたエラを、ジラルドは中央のソファへ招く。

「すごい嵐ですね。怖いです」

エラは不安そうな瞳をユリウスに向ける。ユリウスはそんな彼女を気にも留めず、窓の外へ視線をやってからふと振り返り、エラを見る。

「エラ、島で避難するところはあるのか？」

「島……ですか……？」

一ヵ月ですっかり城の生活が気に入ったエラは、島のことをこれっぽっちも思い出していなかった。

「お前が過ごした島だ」

「あ……こ、こんな嵐では、島も大変なことになっているでしょう。避難するところはどこにもないですし」

避難所がないと聞いて、ユリウスの顔が歪む。

「ああ……ルチア……」

ユリウスは執務机の椅子に座り、乱暴に身体を預ける。

ルチアを心配する婚約者に、エラは嫉妬を覚えた。

いや、自分にない美しさや聡明《そうめい》さを持ち、誰からも好かれるルチアに小さい頃からずっと嫉妬していた。

不快な顔つきになったエラをジラルドは見逃さず、口を開いた。

「姫、ユリウスさまの心まで欲しいと思ってはいけませんよ」

「わかっています！」

エラは苛立たしげに立ち上がると、ピンク色のドレスの裾をひるがえし、執務室を出ていった。

「ユリウスさま、ご婚約者のいる前で他の女性を心配するのは……へそを曲げてしまわれましたよ」

「放っておけ」

結婚することになった姫をないがしろにするのは、婚約者としていけないことだが、ユリウスにとって愛している女性はルチアだけだった。たった数日でユリウスは恋に落ちた。エラにはなんの感情も芽生えない。あれほど会いたがっていたエレオノーラだったのだが。

「天候が回復次第、すぐに島へ向かう。わたしの船ではなく、カタリナ号にしてくれ。島民を連れてこなくてはならない事態になっているかもしれない。それと医師を数名」

バレージが乗っていたカタリナ号は規模が大きいため、収容人数もある。

「かしこまりました」

ジラルドは執務室を出ていった。


嵐が収まったのは夜半過ぎだった。これから島へ向かい、到着するのは明け方だ。

「ユリウスさま、行かないでください」

出立の用意をしていたユリウスに、エラは泣きそうな顔で言う。

「君が長い時間を暮らした島だろう？　心配ではないのか？」

「心配ですが、まだ海は荒れています。もしものことがあったら……」

ユリウスの腕にそっと触れる。

「船は大きい。もしものことなどないから安心しろ」

ユリウスはアローラにシルバーブロンドの髪を後ろでひとつに結んでもらうと、エラの手を外し、扉へ向かう。

「アローラ、ルチアのための部屋を用意しておいてくれ。君にはルチアが快適に過ごせるように部屋を整えておいてほしい」

ルチアを城へ連れてくるつもりなのだと知って、エラは愕然とした。

「かしこまりました」

アローラは深くお辞儀をすると、出ていくユリウスを見送った。

ユリウス一行が、まだ波が高い港へ行くと、記憶にある男が船を出したいと管理人に交渉している。

こんなに小さな船では危ないと管理人に言われて、先を通してもらえず憤っている男はジョシュだった。

「お前はなぜここにいる？　もしかしてルチアも⁉」

それだったらどんなにいいか、とユリウスに希望が芽生える。

「いいえ、ルチアは島です。心配ですぐにでも向かいたいのに、船を出させてくれないのです」

ジョシュは地面に膝をつくと、答えた。ルチアは島だと言われ、ユリウスの希望の光がスッと消えた。

「これから島に向かう。お前も乗っていい」

島に詳しい男がいるのは好都合だ。

「ありがとうございます！」

ジョシュは頭を深く下げると、カタリナ号に向かうユリウス一行の最後尾についた。

海は荒れ、船酔いする近衛兵や乗組員も多く、静かに就寝するどころではない。気分は悪くはないユリウスだが、ルチアが心配で時間ばかり確認してしまう。

甲板に出て、嵐がすっかり去って星が出ている空を見ていると、ジラルドがやってきた。

「甲板にお出になるのは危ないですよ。少しお休みになりませんと」

「わたしなら問題ない。波が落ち着いてきたように思う」

ユリウスは星空から暗い海へ視線を向ける。

「そうですね。ひどい嵐でしたから、島はひとたまりもないかもしれません。一応、覚悟をされておいたほうが……」

「なにを言うんだ！　ルチアが死んでいるとでも言うのか⁉」

ジラルドの言葉に憤慨し、彼の胸倉を掴んだ。

「はい。波に呑まれ、流されていてもおかしくはありません。万が一のときに気を落とされないでいただきたいのです。我が国の国王なのですから」

ユリウスは大きなため息と共に、ジラルドを掴んでいた手を放す。

「それに、生きていたとしても、結婚のお相手はエレオノーラ姫です。そこのところをわきまえてください」

（ルチアが日陰の身で一生を過ごせるのか。しかも一度は断られている）

今できることは、ルチアの無事を祈ることだけだった。


三時間後、空が白み始めた頃、島が見えてきた。だんだん近づくにつれて、桟橋がどこかへ流され、島に点々とあったはずの小屋が見当たらないことがわかる。その現状にユリウスの顔が歪む。

沖で帆船を停泊させ、小さな船を数隻出す。

一刻も早くルチアの元へ行こうと、ユリウスは甲板から海に飛び込み、島へ向かう。ジョシュも同じく海へ潜った。

島は無残なありさまだった。海辺近くの小屋はすっかり流され、数人の島民が倒れていた。息がある者もない者も船に運ばれていく。

「ルチア！」

ユリウスはルチアの家を目指した。

それがあったと思われる場所で、先に着いたジョシュが立ちすくんでいた。小屋はがれきの山となっている。ひどい状況を見た瞬間、ユリウスは凍りつく。

「ルチア！」

積み重なった木材を無我夢中で拾い上げ、離れたところへ放り投げる。ジョシュもショックから覚め、作業を始めた。

水に濡れて重い木材を何枚も何枚もどかしていくと、淡いブロンドがユリウスの目に入った。

「ルチア！　ルチア！　神よ！」

ピクリとも動かない娘を見て、ユリウスに不安が押し寄せる。

ユリウスの声に、別の場所でルチアを探していたジョシュやジラルドが駆けつける。三人でルチアのまわりの木材を排除していくと、うつ伏せになっているルチアの全身が現れた。彼女の下にアマンダがいる。ルチアはアマンダをかばうようにしていた。

ユリウスはぐったりとしたルチアの身体をそっと抱き上げる。細心の注意を払ってルチアの身体を上向きにしたとき、サファイアのペンダントが彼女の喉元で揺れた。見覚えのあるそのペンダントに、ユリウスの双眸が大きく見開かれる。

「どうしてこれをルチアが……？」

困惑している間に、ジョシュとジラルドがアマンダを助け出した。

ルチアの脈を確かめようとしたとき、彼女の瞼がほんの少し開き、瞳を覗かせる。

「ユ……」

しかし、再び彼女は意識をなくした。

「ルチア！　ルチア！」

ユリウスはルチアを揺すって目を覚まさせようとするが、深い昏睡《こんすい》状態に陥ってしまったようだ。

「ユリウスさま、祖母のほうも生きています」

ジラルドの報告に顔を上げると、ジョシュがアマンダを抱いていた。

「すぐに船へ連れていくんだ！」

ジョシュは心配そうにルチアを見たが、すぐに桟橋の方角に歩き始めた。

「わたしたちも行こう。早くルチアを診せなければ」

「はい‼　……っ⁉」

ユリウスに抱かれているルチアを見た瞬間、ジラルドは驚愕した。

「どうして、そのペンダントが彼女の首にかかっているんです⁉」

王室に伝わるペンダントで、ビビアーナ王弟妃がつけているところをジラルドは記憶していた。絵画にもこのペンダントは描かれており、見間違えることはない。

「わからない。それはあとだ！」

ユリウスはルチアがなぜ身につけているのか疑問を感じながらも、一刻も早く帆船に着くように走った。

島民五十名余りのところ、二十五名を助け出した。流されてしまった者や、亡くなっていた者もいる。長老もそのひとりだ。村の年寄りはアマンダを除き、全員が絶命していた。

ドナート医師に手厚く診られたルチアは、側頭部と背中、左足を怪我していた。低体温に陥っていたため即座に身体が温められる。

信頼の置ける侍女ひとりがルチアに付き添い、ドナート医師と共に手厚い看護をするも、意識を取り戻さない。

アマンダはルチアよりも軽い怪我で済み、静かに眠っているが、こちらもまだ目を覚まさなかった。ルチアの隣の部屋にいるアマンダにはジョシュが付き添っていた。

眠るルチアの手をユリウスは握り、見守っている。氷のように冷たかった手は、次第に温かみを帯びてきていた。

「ルチア、どうして君を島へ置いてきてしまったのだろうと、後悔ばかりだった」

ルチアの手を口元に置き、眠る彼女へ語りかける。

「なぜ君はペンダントをしていた……？」

もしかしたら姫はルチアなのかもしれない、と希望が出てくる。

彼女の首にあったペンダントは外され、今はジラルドが鑑定をするために保管している。


四時間後、ラーヴァの港へ到着しても、ルチアは目を覚まさなかった。

助けられた島民らのほとんどは意識を取り戻し、アマンダも先ほど気がついたが、ルチアをひどく心配して興奮したため薬で眠らせていた。

ユリウスがルチアのためにアローラに用意させた部屋は、彼と同じ棟の同じ階。婚約者であるエラは別棟の部屋。以前、王弟家族が住んでいたところだった。ジョシュとアマンダは、エラと同じ棟に通された。

ルチアの側頭部の怪我は大事には至らず、処置をされ、包帯を巻かれている。打撲箇所には薬が塗られ、左足の裂傷も縫合されている。


「ん……」

ルチアは城へ来てから二日後に、身体の痛みで目を開けた。ユリウスの顔が近すぎるほどのところにあって驚く。

「わたしは……夢を見ているの……？」

「いや、夢じゃない。気が狂うほど心配した」

ユリウスはルチアの手の甲にキスを落とす。ぼんやりするルチアの頭でも、手の甲が熱を帯びるのがわかる。

「ここは……？」

自分が非常に豪華な部屋にいることだけは理解できる。天蓋のあるふかふかの大きなベッドに寝かされていた。

首を動かすと身体中に痛みが走り、見回すことができないが、天井から下がる見たことのないガラス細工のシャンデリアに目を見張る。

「わたしの城だ」

「わたしの城……って、やっぱり……。おばあちゃんはっ⁉」

あのひどい嵐を思い出し、起きようとする。

「痛っ……」

全身が痛み、身体を起こせない。

「まだ無理だ。おばあさんの怪我は君より軽い。しっかり面倒を見ているから安心するんだ。君は丸二日間眠っていたんだよ」

「そんなに……。どうしてわたしはここにいるんですか？　わたしの城って、あなたは……」

「すまない。わたしはこの国の王なんだ」

ユリウスは嘘をついていた罪悪感で真摯に謝る。

「やっぱり……国王さまだった……」

ルチアにとってその事実は少しも嬉しくない。

「君が心配で、嵐が収まると島へ向かったんだ。島はひどい状態だった。君はおばあさんをかばうようにして倒れていた。上にたくさんの木材が折り重なっていて、万が一のことを思うと生きた心地がしなかった」

ルチアを助け出したときのことを思い出し、顔が歪む。

「君はどうしてあのペンダントをしていたんだい？」

ルチアはペンダントと言われ、ハッとする。右手を首元に持っていくが、ペンダントはなかった。

「あれは……」

話そうとしたところで扉が開く音がして、エラがユリウスの横にやってきた。

「ルチア！　あぁ……よかった。意識が戻ったのね」

豪華な黄色のドレスを着たエラは、ルチアの知っている彼女ではなかった。ヘッドアクセサリーをつけ、洗練された様子ですっかりお姫さまという感じだ。

「エラ……」

「ユリウスさまが助けに行ってくださってよかった。ジョシュに会ってきたけど、二十五人しか助からなかったって」

「二十五人って⁉　長老は？　誰が助からなかったのっ⁉」

ルチアは痛みを堪えて起き上がろうとしたが、やはり身体の自由が利かなくて、枕に頭がつく。

「ルチア、無理はしないでくれ。まだ動けない」

自分には向けないユリウスの優しい目に、エラは悲しくなる。

「そうよ、ルチア。おばあちゃんのことはわたしに任せて。身体を治すことだけを考えて」

ルチアにいたわりの言葉をかける。彼女に嫉妬しているが、どう接していいのかわからない。幼い頃から一緒に過ごし、仲がよかったせいで冷たい態度に出られない。

（憎めるものなら憎みたい……）

ピンク色の下唇をぎゅっと噛んだ。

「エラ、ドナート医師を呼んできてくれるかい？」

「え？　あ、はい。わかりました」

エラが出ていき、ユリウスとふたりだけになったルチアは困惑気味に瞳を向ける。

「あのペンダントは高価なものだから、預かって保管している。どうして君がしていたのか疑問なんだが……？」

（例えばアマンダが、浜辺に倒れていたエラから盗んだということもあり得る。慎重に事を進めていかなければならない）

ルチアは、アマンダがあのとき話してくれたことを口にするのは躊躇《ためら》われた。その話が本当のことならば、アマンダがエラの両親に嘘をつかせた罪は大きい。それにのったエラの両親も罪に問われるだろう。

（エラは自分が姫だと思っているはず……）

彼女の幸せを壊したくなくて困った。だが、このままではアマンダはペンダントを盗んだ罪に問われるかもしれないとも思う。

「……おばあちゃんは、浜辺に流れ着いたものをずっとしまっていて、嵐の夜にわたしの首に」

「あのペンダントは流れ着いたもの？　本物の姫は君で、君がつけていたんじゃないのかい？」

ユリウスは、ルチアが姫であればと希望を持っていた。

「わたしが姫さま……？　そんなわけがないです」

（あぁ……わたしはなんてことを言っているんだろう……姫さまであれば、ユリウスさまに堂々と好きだと言えるのに……）

ルチアはまっすぐ見つめてくるユリウスの目が見られずに、瞼を閉じる。

「ごめんなさい……頭が……」

「そうだった。君は病人だった」

そこへ、ドナート医師とアローラがやってきた。

「これから娘を診ますので、陛下はご遠慮ください」

ドナート医師が丁寧に申し出て、ユリウスは「またあとで来る」と言い出ていった。

側頭部の傷や足の怪我をドナート医師に診てもらっていると、ルチアは自分が今まで触れたことさえない美しい夜着を着ていることに気づく。

身につけていることさえ忘れそうな、軽い就寝用のドレス。胸元や袖にフリルがついていて、このまま外に出られそうに思える。けれど、そんな美しい夜着を身につけているのに喜びはない。アマンダが心配だったからだ。

（早くおばあちゃんに会わなきゃ）

ドナート医師が出ていったが、アローラは部屋に残った。

「アローラさん、またお世話になってしまって……すみません」

「いいえ。あの美しい島が悲惨な状態になってしまったと聞いています。心が痛いですわね」

「はい……また前のように生活できるのか心配で……」

島の復興には時間がかかるだろう。

「当分はここで静養しませんと。ひどい怪我をしているのですからね」

「あの、おばあちゃんはどこに？」

（おばあちゃんと一刻も早く話をしなきゃ。おばあちゃんが罪に問われるくらいならば、わたしは姫じゃなくてもいい。それにあのペンダントを持っていただけでは、姫だという証拠にはならない）

「エレオノーラさまのお住まいの棟にいますよ」

「姫さまの棟？　ここは違うの？」

「はい。こちらは陛下の居住区の棟です。ルチアさんは陛下の客人として、ここに」

アローラは唖然としているルチアに微笑む。

「ここからおばあちゃんのところまで離れている？」

「ええ。とても離れています」

「ジョシュを呼んでもらうことはできる？」

ルチアはどうにかしてアマンダに会わなくてはならないため、ジョシュを呼んで連れていってもらえればと思ったのだ。

「ジョシュさんが陛下の居住区に足を踏み入れることはできません」

「そんな……」

ルチアの眉根がぎゅっと寄せられた。

「傷に障《さわ》りますから、もう休んでください」

アローラは羽のように軽い天蓋のレースを下ろし、行ってしまった。


その頃、ユリウスはアマンダの部屋を訪れていた。

「まさか国王さまだと思いませんでした……」

アマンダは島でそっけない態度を取ったユリウスが国王だと知り、ベッドに起き上がったまま深く頭を下げた。

「ルチアの怪我はひどいのですか？」

ユリウスがルチアの怪我の具合を教え、まだ歩くことができないと伝えると、アマンダは肩を震わせてさめざめと泣き始めた。

「一ヵ月もあれば治るようだ。心配はいらない。それより、お前に聞きたいことがある。ルチアはなぜあのペンダントをしていた？」

泣いていたアマンダは、ユリウスから渡された絹のハンカチで涙を拭きながら顔を上げる。

「ルチアが本当の姫なのです。浜辺でルチアを見つけたとき、あのペンダントを身につけていました」

息子夫婦には子供ができなかったため、ルチアを神さまからの贈り物のように大事に育ててた。もちろんアマンダも同様だ。

「エラが浜辺に倒れていたのではないのか？」

「あの子ではありません。わたしはルチアと離れたくないために、エラの両親に嘘をつかせたのです。助けたときのルチアは髪が顎までの長さで、あのペンダントを首からかけていました。嵐が過ぎた早朝でした」

ユリウスはアマンダの身勝手な思いに怒りを覚える。

アマンダの話は、あの頃のエレオノーラの髪型と一致する。ただ、エラが拾われたとき、アマンダもいたのかもしれない。詳細を見ていれば嘘もつける。今さらルチアが姫だと言っても、大臣たちは納得しないはず。

「お前が事を複雑にしたのだ。あのとき、ルチアが姫だと言いさえすれば、すぐに認定されただろう」

「ルチアは本物の姫です！　どうして疑われるのですかっ⁉」

アマンダは、サファイアのペンダントを持っているルチアが、姫だとすぐに決定されるはずだと思っていた。

「お前がエラからペンダントを盗んだかもしれないだろう？」

「いいえ！　わたしはそんなことをしていません！」

潔白である彼女はつい声を荒らげる。

「エラの両親にも話を聞かなくてはならない」

「はい。ぜひとも聞いてください。わたしが頼んだのですから」

アマンダは自信を持ってユリウスに頷いた。


なんとかベッドから抜け出したルチアは、時間をかけてようやく廊下に出たところだったが、すぐにアローラに見つかってしまう。

「ルチアさん！　ダメです。ベッドへ戻りましょう」

片足を引きずり、ふらふらと壁に手をつきながら歩くルチアの腕を、アローラは支える。

「お願い、おばあちゃんのところへ行かせて」

「まだ起きてはいけません」

足の痛みに肩で大きく呼吸するルチアを見て、アローラは心配になる。

「平気です。おばあちゃんに会いたいんです」

アローラの腕を振りほどく力もないのだが、ルチアは行こうと足を進める。

「陛下に叱られます」

「アローラさん、わたしが怒られますから」

ルチアは強く言った。ユリウスに叱られるのは覚悟の上だ。

「いえ、そういうことでは……」

無理やりルチアを部屋に戻すこともできず、アローラは困った。

ユリウスがルチアを大切にしていることはありありとわかる。怪我をしているのに出歩かせたと、とがめられるのはアローラだ。

真紅の絨毯《じゅうたん》が敷かれた廊下でアローラが困り果てていると、向こうからユリウスとジラルドがやってくるのが見えた。

「ルチア！」

廊下の壁に手を置き、今にも倒れそうなルチアの元へユリウスは駆け寄る。

「君はなにをしているんだ？　起きてはダメだと言ってあるだろう？」

ルチアはユリウスの手に支えられる。

「お願いです。おばあちゃんのところへ行かせて」

ユリウスの手をぎゅっと握って、サファイアブルーの瞳で懇願する。

「たった今おばあさんに会ってきたところだ。疲れてもう就寝した」

眠ったと言われて、ルチアの肩から力が抜け、ぐらっと身体が揺れる。

「ルチア！」

ユリウスは倒れてきたルチアを抱き上げると部屋に戻り、ベッドに横たえた。

「まだ歩くのは早いとわかっただろう？」

側頭部と左足の傷がズキズキ痛み、ルチアは瞼を閉じる。

「おばあちゃんは……？」

よくなっていたかと聞きたいのだが、言葉にするのもつらい。

「痛むんだろう？　アローラ」

後ろに控えていたアローラに、ユリウスはドナート医師を呼ぶように命じる。彼女はすぐに部屋を出ていった。

「おばあさんは君より軽傷とはいえ、高齢だからまだ動けない」

「……ジョシュは」

「彼は今日からエラの養父母の家に泊まっている。明日やってくるだろう」

外は薄暗くなってきており、もうすぐ夜のとばりが下りる。

ルチアを心配するユリウスの背後に控えていたジラルドが、口を開く。

「ルチアさん、サファイアのペンダントのことですが……」

ベッドに一歩近づき、ルチアに声をかけるが――。

「ジラルド、今はやめるんだ。痛みに苦しんでいるのがわからないのか？」

「そうでした。またの機会に」

ジラルドが部屋を出ていき、入れ違いでドナート医師とアローラがやってくる。

ルチアの具合を診たドナート医師は、アローラに指示をしてから出ていった。痛み止めを飲んだルチアは、それから間もなく眠りに落ちた。


翌日の正午。エラの養父母が城に呼ばれた。エラを本当に浜辺で助けたのか確かめるためだ。

謁見の間の玉座にユリウスは国王らしく正装をして座っており、それがエラの両親に威圧感を与えている。ジラルドはユリウスの隣に立っていた。

玉座から少し離れ、真紅の絨毯の上に膝をついたエラの両親は、ジョシュから話を聞いているのか、どこか落ち着かないように見える。

「エレオノーラ……エラを助けたときのことを話せ」

ユリウスは威厳のある声でふたりに言う。

「はい……姫さまは浜辺で倒れており、まるで人形のようなお姿に驚いたのを覚えています」

「身につけていたのは？」

「確か、ピンク色のフリルがたくさんついたドレスだったかと……」

父親は記憶をたどるように、ゆっくりと言葉にする。

「そのドレスはどうした？　他に身につけていたものは？」

ユリウスは嘘か本当かを見極めようと、鋭くふたりを見ている。

「島には必要ないので、少し経ってから処分してしまいました。身につけていたのはそれだけでございます」

「姫を助けたとき、他に誰かいたか？」

ユリウスはどうにかして、エラの養父母の言葉から落ち度を引き出したかった。

「長老がおりました。長老に、お前たちが育てなさいと言われたのです」

エラの養父母は長老を話に出したが、彼は嵐で亡くなっている。そしてこのふたりも長老が亡くなったことを知っている。

「その話に嘘偽りはないのだな？　万が一、嘘だったときには虚偽の罪で罰が与えられるぞ？　今ならば罪は問わない」

厳しい表情のジラルドが口を開いて問いただす。

「は、はい。嘘は申しておりません」

「姫は王室に伝わるペンダントをしていたが、見覚えは？」

彼は思いきって聞いてみる。

「い、いいえ……見ておりません。そのようなペンダントはまったく……」

ペンダントのことは知らないようで、ルチアがつけていたことをジョシュは話していないらしい。

「わかった。帰っていい」

そう言ったのはユリウスだ。顔は苦々しく、なんの成果も得られないまま立ち上がると、エラの養父母が絨毯に額をつけるくらいに頭を下げている中、退出した。

そのまま中央棟にある執務室に向かう。

部屋の中へ入ると窓辺へ向かい、紺碧の海を見つめる。少し置いてジラルドも執務室に入ってきた。

「ジラルド、今の話をどう思う？　あの者たちの態度に不審なところはあったと思うか？」

海から視線を外してユリウスは振り返り、ジラルドに厳しい表情で問う。

「戸惑う様子もありましたが、それは国王の前では誰でもあることかと……」

「このままでは、ルチアの祖母がペンダントを盗み、今までペンダントの存在を隠していたことになる」

「仮定ですが、ペンダントだけが流れ着き、アマンダが持っていたのであれば、罪にはなりません。誰が持ち主なのかわからないのですから、それも仕方ないこと。ですが、ルチアさんに身につけさせ、姫は彼女だと言った。孫娘を取られたくないがためにエラさまの両親に嘘をつかせたのであれば、重罪です」

大事な祖母をかばうために、ルチアはこの先も、アマンダは流れ着いたペンダントを保管していただけだと言うだろう。

ルチアが姫だと確証は得られていない。自分のことだけを見ない彼女が、ユリウスにはもどかしかった。

「なにか……ルチアが姫だとわかるものはないのか……」

眉根を寄せて考えるが、即座にため息が漏れる。

すぐにわかれば苦労しないのだ。エラとの結婚式も三ヵ月後に迫っており、ユリウスは焦っていた。


ルチアの部屋にエラが見舞いに来ていた。エラのサファイアブルーの瞳に合わせたブルーのフリルがたっぷりあしらわれたドレスを着て、上品にベッド横の椅子に座っている。

エラは城へ来てから、毎日行儀作法のレッスンや勉強で、それぞれに教師がつけられていた。豪華な暮らしに憧れていたので、貪欲にそれらを習得している。

たくさんのクッションを背にして、ルチアは身体を起こしていた。頭に包帯が巻かれているにもかかわらず、淡いブロンドを片側でひとつに三つ編みにしているルチアは美しく、エラは嫉妬してしまう心を抑える。

「顔色がよくなったわ。もう痛みはないの？」

エラはルチアの様子を聞いたが、ベッドから出られない彼女はアマンダのことが知りたくてたまらず、質問には答えずに口を開く。

「エラ、おばあちゃんは歩けるようになった？」

「ええ。食事も普通になったし、だいぶ元気になったわ」

ルチアはホッと安堵した。高齢であるから、回復が気になっていたのだ。

「わたしに会いたいって言わない……？」

「うん。ひとことも言わないの。なんだか変よね」

エラは首を傾げる。

これからのアマンダが気になり、ユリウスが来たときに聞いてみようと思っているが、この二日間は部屋に現れていない。

「ユリウスさまは忙しい？」

「ルチア、当たり前じゃないの！　この国の国王さまよ？　毎日地方の官僚が上奏に来るし、いろいろ忙しいの」

エラも城へ来た当初、ユリウスになかなか会えずに、ジラルドに予定を聞いたことがあった。

「……そうだよね」

アマンダのことばかり考えていたルチアは、ユリウスがいかに多忙なのかを考えておらず、自己嫌悪に陥る。

「怪我が治ったら、ルチアは島に戻るんでしょ？　海で泳げない生活なんて考えられないものね」

「……島の家も直さなくちゃ」

（自分が姫だと信じられないし、証拠があるわけではないのだから、島に帰るのが一番だろう）

「ジョシュが木材を船に乗る分だけ買って、島に戻ってるの。彼は島の復旧に力を費やしているわ。他のみんなもだけど」

ジョシュが働いているところが目に浮かぶ。ラーヴァから島へ戻ったとき、ひどいことをされたが、彼のまっすぐな芯の通った性格は買っているルチアだ。それは一緒に育ったから、なにがあろうと変わらない。

「わたし、もうすぐユリウスさまと結婚をするの。あと三ヵ月よ。ルチアには絶対に出席してほしいわ」

ふたりが結婚すると聞き、ルチアの胸はズキンと痛みを覚える。

（わたしが姫よ、と言いきれる確たる証拠はなにもない。おばあちゃんを疑うわけではないけれど……。だけど、自分が姫になったとしたら、おばあちゃんはエラの両親に嘘をつかせた罪を犯したことになる……）

ユリウスを想うルチアの気持ちは強いが、アマンダのことも大事だ。自分がこのまま島へ帰るのが一番いいと考えていた。

廊下で控えていたエラの侍女が扉をノックし、作法のレッスン時間を知らせる。

「王妃になるのってすごく大変。毎日が勉強なのよ。また来るわね」

エラは姫然と優雅に椅子から立ち上がると、部屋を出ていった。

第五章　思いどおりにはならない

城へ来て一週間が経っていた。まだ側頭部も左足も痛みはあるが、部屋の中で無理をしなければ、とドナート医師から動くことを許された。許可が下りれば、ルチアはじっと寝ていることができず、ベッドから抜け出す。

裸足《はだし》にふんわりとした感触の絨毯が優しい。城の者は靴を履いているが、ルチアにとってこの柔らかさは天国にいるみたいに気持ちがよかった。ベッドもいいが、一週間経っても寝心地のよさがかえって慣れない。

ルチアは窓辺に初めて近づいて外を見る。この部屋は高い場所にあるようで、見下ろすと美しい造形の庭があり、遠くには家屋、その向こうにはルチアが見たこともない緑に覆われた森があった。

海を眺めることができず、がっかりした。

(港からお城を見上げたとき、たくさんの窓があったのに……この部屋は海側じゃないのね)

ずっと見下ろしていると、頭がズキズキ痛み始めてベッドに戻る。横になったとき、アローラがやってきた。

「ルチアさんがお好きな、生クリームがたっぷりのったタルトをお持ちしましたよ」

アローラはトレイにタルトと紅茶セットを用意していた。ルチアの好きなものが牛乳だと知ったのは、昨日のことだ。

ルチアが夕食をほとんど残してしまい、困ったアローラが生クリームのタルトを持ってきた。とても気に入ったルチアは、美味しいと言って残さず食べた。なにも口にしないよりはいいと、今日も持ってきたアローラだ。

「ユリウスさまがおいでになるそうですよ」

アローラは美しい模様の入った大理石のテーブルの上に、お茶のセットを置いた。

頭痛に悩まされていたルチアだが、ユリウスが来ると聞いて顔を輝かせる。

ベッドから出ようとすると、レースの模様が美しい空色のガウンをアローラが羽織らせてくれる。

ルチアが着ている夜着やドレスは、ユリウスが王室御用達《ごようたし》の服飾店から取り寄せて選んだものだ。エラのときとは違う熱の入れように、アローラも内心困惑していた。

ルチアが姫かもしれないことはユリウスとジラルドだけが知っており、信頼を置いているアローラにさえまだ話をしていない。知らされていない彼女は、王室の結婚にルチアの存在が波乱を巻き起こすのではないかと懸念していた。

ルチアがガウンの前紐を結んでいると、ユリウスが姿を見せた。そして颯爽とした足取りで、ベッドの端に腰かけている彼女の元へやってきた。

「顔色がだいぶよさそうだ」

ユリウスの顔を見ただけで、ルチアは頭痛も気にならなくなる。

「はい。もう元気です。おばあちゃんに会いに行ってもいいですか？」

ここではユリウスしか頼む相手がいない。エラやアローラに言っても聞き入れられず、決定権があるのはユリウスだけ。直接聞いてしまったほうがいいと口にした。

「明日、時間を取ろう」

「ユリウスさまに時間を作っていただかなくてもいいんです」

まるで見えない壁があるかのように一線を引いたルチアに、ユリウスは整った片方の眉を上げる。

「なぜそんなことを言う？　君のためなら時間を作る」

「お忙しい国王さまですから」

「言ってあるだろう？　わたしは君が好きだと」

ルチアの大きな目が見開く。

「心が強く惹かれるのは君しかいない。嵐のとき、気が狂いそうなほど心配だった。一刻も早く島へ向かいたかったよ」

ユリウスは驚いているルチアを抱きしめる。

ルチアが姫であるように願わずにはいられない。そうなればなんの問題もなく、ルチアを妻にできる。

ルチアは嬉しかったが、今は想いを出してはいけないと戒める気持ちを強くする。

「お茶のご用意ができました」

アローラの声で、ふたりだけではなかったことを思い出す。ユリウスから離れるとテーブルに近づいた。

「ユリウスさま、美味しそうな、えっと……タルトですよ」

初めて見るものが多く、ひとつひとつの名前を覚えるのが大変だ。

ユリウスは椅子に腰かけると、タルトを前に瞳を輝かせるルチアを見る。そのとき、既視感がよみがえる。

幼い頃、エレオノーラもこの生クリームがたっぷりのったタルトが好きで、こうして一緒に食べたことを思い出す。

「美味しいかい？」

「はい。お城で一番好きな食べ物です」

ルチアはフォークを持ち、ひと口食べるとにっこり微笑む。

『うん！　お城で一番好きよ！』

五歳の頃のエレオノーラの声がユリウスの頭に聞こえ、愕然とする一方、島での出来事も思い出す。

ルチアは緑豆を残した。エレオノーラが一番嫌いな食べ物が緑豆だった。

エラは太ると言ってこのタルトを食べず、緑豆は大好きなようだ。まるっきり真逆で、ルチアのほうがエレオノーラに嗜好がそっくりだ。

「やっぱり……君は……」

「えっ？」

小首を傾げて見つめるルチアに、ユリウスはフッと笑みを漏らす。

「まるで五歳の子供のようだな」

手を伸ばし、彼女の唇の端についている生クリームを指の腹で拭う。

「あ……」

好きな人に優しく汚れを拭われ、顔が熱くなる。

ポッと頬を赤らめたルチアを見てユリウスは、本当ならば舌で舐《な》め取ってやりたかった……そんな淫らな考えを持ってしまい、自嘲的な笑みを浮かべた。

「子供の頃からこの美味しいタルトを知っていたら、きっと毎日でも食べたいって駄々をこねていたかもしれないです」

「これも食べるといい。わたしはあまり甘いものは好きではないんだ」

自分の皿をルチアの前に置いた。

「いただきます」

食欲がなかった先ほどのルチアはどこへ行ったのか、彼女は二個目のタルトを頬張り始めた。


翌朝、朝食を済ませたルチアはアローラに付き添われて、アマンダに会いに行った。ユリウスは早朝にやってきた地方の領主と謁見することになり、時間が取れなくなったのだ。午後なら政務の合間に行けるとのことだったが、祖母に早く会いたいルチアはアローラと共に部屋を出た。

アマンダの部屋の前まで来ると、アローラは「一時間後に迎えに来ます」と言って去っていった。ルチアは扉を叩いてから開ける。

「おばあちゃん！」

アマンダは部屋の中央にある椅子に座っていた。ルチアの姿を見ると立ち上がる。

ルチアは駆け寄ってアマンダに抱きついた。

「ルチア、無事でよかった」

「おばあちゃん、まだどこか痛いんじゃない？」

アマンダの顔色が悪く見えて、ルチアの顔が瞬《また》く間に心配そうになる。

「いいや、ルチアのおかげで怪我は軽く済んだよ。お前のほうが痛々しい。痛みは？

出歩いたりして影響はないのかい？」

ルチアは頭の包帯を指差してにっこり笑う。

「もうほとんど痛くないの」

三人がけのソファに並んで座り、アマンダはルチアを眩しそうに見つめてから口を
開く。

「お前には本当に申し訳ないことをしてしまったよ。まだ姫だと決定されていないん
だろう？」

「わたしは姫じゃなくていいの」

心から申し訳なく思っていることがわかるルチアは、強がりを言う。

「そんなことを思ってはいけない。間違いは正さなければ。お前が王室の血を引いて

いるんだ」

「でも、エラは自分が姫じゃないかもしれないって知らないんでしょう？　今の生活をとても楽しんでいるのに……」

「わたしは死んで詫《わ》びたいほど後悔している……わたしがエラの両親にあんなことを頼まなければ……」

肩を落とし、アマンダは瞳を曇らせる。

「おばあちゃん！　死んで詫びたいなんてっ、そんなこと言わないでっ！」

「わたしのせいだ……エラの両親は国王にまで嘘をつき通している」

ユリウスから話を聞き、アマンダはエラの両親に憤慨していた。

「おばあちゃん……」

ルチアは眉を下げて困った顔になる。アマンダにはずっと悔恨を続けてほしくはない。しかし、ユリウスの近くにいたいという気持ちが日に日に増してきている。

島で彼からの申し出を断ったときも苦しかったが、今、彼の元を去ることを考えると胸が痛くなる。

「明後日から、島に住めるようになるまで町の宿屋に移るよ。ここではエラの両親に会いに行くにも大変なんでね。どうにかして、エラの両親に考えを改めてもらわなければ」

「おばあちゃん、無理しないで」

「いいや。お前のおかげで息子夫婦が亡くなったあとも楽しく暮らせたんだ。こんないい子なのに、わたしがお前の人生を狂わせたんだよ。やれるだけのことはやらせておくれ。国王はお前を愛している。どうにか一緒にさせてやりたいんだ」

頑固なアマンダは、やると言ったらルチアが止めても聞かない。

ルチアは困り果てながら、たくさん皺のある浅黒い顔を見つめた。

アマンダは二日後、城を出ていき、島の家ができ上がるまで町の宿を仮住まいにすることになった。

出発までルチアはアマンダと一緒にお茶をし、宿に遊びに行くと約束して別れた。

自分が姫ではなかったら島に戻るのだから、別れはほんの少しの間かもしれないと思い、そこまで悲しくはなかった。

アローラの付き添いで、馬車に乗ったアマンダを城門まで見送る。

しんみりと寂しい気持ちで部屋に戻ってから間もなく、エラがすごい剣幕でやってきた。

「ひどいわ！　ルチア！」

　エラは顔を真っ赤にさせて泣いていた。

「エラ、いったいどうしたの⁉」

　以前から泣き虫だったが、こんなに号泣しているエラは初めてだ。しかも『ひどい』と言われ、ルチアは当惑する。

「ユリウスさまから、結婚は延期するって言われたのよ！　わたしが姫じゃないかもしれないって、そんなこと信じられないっ！」

「エラ、落ち着いて」

　興奮気味のエラを椅子に座らせようと腕に触れる。その手がパシッと叩かれた。

「ルチアが姫かもしれないなんて！」

　部屋に控えていたアローラも昨日、ユリウスからルチアが本当の姫かもしれないと知らされており、ひと晩経ってもまだ困惑していた。

「あなたのせいよ！　アマンダおばあちゃんがわたしからペンダントを取ったんでしょう⁉　捕まってしまえばいいんだわ！」

　エラは怒りに任せて手を振り上げ、ルチアの頬も叩こうとした。目をぎゅっと閉じて、ぶたれる覚悟したルチアだが、痛みは来ない。目を開けてみるとエラの手が力強い手に止められていた。

「エラ、君はいったいなにをしているんだ？」

　ユリウスだった。

「ユリウスさまっ！　わたしの気が収まらないんです！」

　エラは国王に掴まれた手を振りほどき、我を忘れたような荒々しい口調になる。島にいた頃の彼女とは別人のようだ。これがあのおとなしかったエラだなんて、今の彼女の態度がルチアには信じられなかった。

「君は興奮しすぎている。落ち着いたらもう一度話をしよう」

「ルチアが姫である証拠はなんですかっ⁉」

「君にはないものを彼女は持っている。アローラ、エラを部屋まで送るんだ」

　ユリウスの言葉には逆らえず、エラはルチアを睨《にら》んでから、アローラと共に部屋を出ていった。

　ルチアはエラが出ていくと、ホッと胸を撫で下ろす。

「大丈夫か？　まさかエラがあれほど激高するなんて思ってもみなかった」

「いつものエラじゃなかったみたい……」

　まだショックが収まらなくて、心臓がドキドキしている。

「姫だと確証を得るまで結婚は延期だと告げた途端、突然走って出ていったんだ」

ユリウスがあとを追いかけてみると、ルチアの部屋に入っていったところだった。

「かわいそうなエラ……」

「君は周囲の人のことばかり考えているんだな。少しは自分のことも考えてほしい」

ユリウスの手がルチアの手を包み込む。

「震えているじゃないか。ベッドへ行ったほうがいい」

「わたしは少し休みます……ユリウスさまはエラのところへ行ってください」

ルチアがユリウスの手から離れ、ベッドへ行こうとしたそのとき、背後から強く抱きしめられる。

「君は、わたしの気持ちなどどうでもいいのか？」

「ユリウスさま？」

「わたしは君が姫であればいいと思っている。もしも違ったとしても、君を離したくない」

耳元で甘く紡がれる言葉に、ルチアは泣きそうになった。

「君を愛している。ルチア」

ユリウスの腕の中で振り向かされ、額に巻かれた包帯の上にキスを落とされる。

「ユリウスさま……」

「君には『さま』を付けられたくない」

宝石のようなエメラルドグリーンの瞳が、サファイアブルーの潤んだ瞳を見つめる。

ユリウスはルチアのふっくらした唇にキスをした。

「どんなに君にキスをしたかったか……」

「ユリウス……」

もう一度甘く口づける。啄むようなキスを、角度を変えながら何度も楽しみ、舌で歯列を割る。そのまま口腔内で頬の裏側をなぞり、ルチアの舌に絡ませた。甘いキスはルチアの身体を痺《しび》れさせていく。

「んっ……はぁ……」

慣れないキスにルチアは苦しくなり、ユリウスは笑ってやめた。

「可愛いルチア」

戸惑いながらも微笑むルチアを見て、なんとしても早くこの件の決着をつけなければ、と強く思った。

「時間だ。ゆっくり休んで」

ユリウスはもう一度、赤みを帯びてふっくらしたみずみずしい果物のような唇にキスを落とすと、出ていった。ルチアは複雑な気持ちでユリウスを見送る。

ユリウスを愛しているが、今の立場ではどうすることもできない。政務で忙しい国王なのに、私的な問題もあって、休まるときがないだろうと思う。

（わたしはユリウスさまが安らげる存在でいたい……）

ベッドにポスンと座ると、たった今キスされた唇に指先をやった。

翌日。朝食のあと、アローラが城の中を案内してくれることになった。まず、城の西棟一階にある礼拝堂から案内される。ルチアは礼拝堂へ初めて入ったのだが、ふと懐かしさが心に湧いてくる。

（なんだろう……ここを前から知っているみたいな……）

祭壇の上にある、ブルーのグラデーションが美しい色合いのステンドグラスが外からの光を取り込み、礼拝堂の中がキラキラしている。

（まるで海の中にいるみたい）

この場所が気に入った。毎日でも訪れたい場所だ。

「ユリウスさまは城におられるとき、一日一回は祈りを捧《ささ》げています」

「毎日？」

「ええ。今はとても平和な国ですが、数年前までは我が国を狙う諸外国と戦っていました。その犠牲者を弔うため、そして平和のためにユリウスさまは祈られるのです」

数年前まで国が戦争をしていたと知り、ルチアの心が痛んだ。島に住んでいた彼女は知る由もなかった。

ルチアも祭壇に向かって両手を組むと、犠牲者が安らかに眠れますように、と祈りを捧げる。

「では大広間へ参りましょう。そこで隣国の王室の方や、我が国の貴族たちを招いた夜会がときどき開かれます」

礼拝堂は城の外れにあり、大広間は中央棟の一階だ。大広間へ行くまでには、足音が吸収されてしまう絨毯や、ルチアには値段の見当もつかない豪華な花瓶などの調度品が置かれている。

身長の三倍はある大きな観音扉を開けたアローラは、ルチアを案内した。

中ほどへ進むと、壁に等身大の肖像画がかけられていた。目を引かれ、ルチアはそれに近づく。

「これは……?」

勲章を肩にたくさんつけた白い礼服姿の男性は、ユリウスのようにシルバーブロン

ド。違うのは髪の長さで、肖像画の男性は肩までだ。その隣の女性は光り輝くような
ブロンドを結い上げ、宝石の冠をのせている。そしてふたりの間には顎のラインで切
りそろえたブロンドに、サファイアブルーの瞳の女の子が立っていた。
「王弟殿下とお妃さま、姫さまですわ」
（この方たちが……わたしの……両親かもしれない）
しかし小さな女の子はエラに似ている気がして、自分は違うのかもしれないと思っ
てしまう。
（おばあちゃんは嘘をついているの……？）
結婚まで延期してしまうのだから、アマンダの話が嘘だったら罪は重いだろう。
「こちらはユリウスさまの父君と母君です。六年前に暗殺されてしまいました。その
あと、ユリウスさまが継がれたのです」
アローラの声にハッとして、隣にかけられている絵画に目を向けた。
ユリウスは、がっしりとしていて厳めしさのある父よりも、美麗な母に似ていた。
「それではお庭を案内いたします」
まだふたつの絵画を見ていたい気持ちを抑えて、アローラについていった。

色とりどりの花が咲いている美しい庭を、アローラの案内でルチアは散歩をしていた。そこへエラがひとりでやってきた。昨日とは違い、表情が柔らかく見える。

「ルチア、昨日はごめんなさい。ひどいことを言ってしまったわ。また前のように仲よく過ごしたいの」

エラの潤んだ瞳を見て、ルチアはにっこり微笑む。

「突然のことでびっくりしたんでしょう？　わたしなら気にしないで」

「ルチアはいつも優しいのね」

「ずっと一緒にいたんだもの。当然よ」

ふたりは島にいたときのように抱き合った。

「包帯、取れたのね？」

今朝ようやく、ドナート医師に傷は問題ないと太鼓判を押され、左足の包帯と共に頭の包帯が外された。身軽になったようで嬉しい。

「アローラ、わたしたちはあそこでお茶をしたいの。用意してもらっていいかしら？」

エラは命令するのが堂に入った様子でアローラに言った。

「わかりました。すぐにご用意いたします。こちらでお待ちください」

アローラは城の中へ消えていった。

「お茶なら、ここじゃなくても……用意が大変だわ」

「だってアローラったら、きついし、怖いし、一緒にいたくないのよ。ね、ルチア、市場へ行ってみない？」

「市場へっ⁉」

先日、すぐに帰ることになってしまったが、楽しかった場所だ。

「市場まで馬車ですぐだし、治安がいいからわたしたちだけで歩いても怖くないのよ。ねっ？　行きましょうよ！」

エラはルチアの手を引いて強引に歩き始めた。

「えっ？　今なの？　アローラさんにお茶を頼んでいるのに」

「いいのよ、放っておけば。行きましょ。ルチアが行かなくても、わたしひとりで行くわ。わたしになにかあったらルチアのせいよ」

ルチアは戸惑うものの、エラをひとりでは行かせられない。後ろ髪を引かれつつ、エラについていった。

（エラは結婚が延期になってしまったから、気晴らしをしたいのかもしれない……）

城の正面入口に、二頭立ての豪華な馬車が用意されていた。

「ルチア、乗って」

「エラ、わたし怖いわ」

ルチアは馬を見てあとずさると、顔を引きつらせて首を横に振る。

「なにが怖いの？　馬？　それなら気にならないわよ。馬車の中へ入ってしまえば馬なんて見えないもの」

エラはルチアの腕を引っ張って、乗り込ませようとする。

「でも、アローラさんに言ったほうがいいんじゃない？」

「いいの。わたしの侍女に伝えてもらうように言ってあるから。それよりルチアと出かけられるなんてすごく嬉しいの。早く行きましょう。お金はわたしが持っているから心配しなくて大丈夫よ」

彼女はそれ以上は有無を言わさず、ルチアを馬車に乗せた。


城にかかる橋を渡り、森を走ると町が見えてきた。ルチアは馬車に乗るのが初めてで、窓から顔を出して景色を見ていた。意外と速度があり、長い髪の毛が風になびかないように片方の手で押さえながら。

町に入ると、舗装されていない土の道から石畳に変わり、馬車の速度もゆっくりになる。

馬車は市場手前の広場で静かに停まった。市場の道は狭く、馬車が行けるのはここまでだ。

馬車から降りると、ここで待つようにエラは従者に告げた。

「行きましょう」

彼女は黄色のドレスを引きずらないよう、少し持ち上げて歩き始める。ルチアも着ているのは地面すれすれのドレスだ。ウエストから広がっているスカート部分が、市場では邪魔になるだろう。

賑わう市場をルチアはエラと並んで歩く。黙って来てしまったことに罪悪感はあるが、前回は通り過ぎてよく見なかった精肉店や野菜店を眺めるのは楽しい。

美味しそうなお菓子の店もあり、ジョシュが買ってくれた搾りたての牛乳が売られている店の前まで来た。


その頃、突然ルチアとエラがいなくなり、城では大騒ぎになっていた。

すぐに二頭立ての馬車が足りなくなっていると連絡があり、門番からふたりがそれに乗って出かけたと報告があった。

「いったいなにを考えているんだ！　包帯が外れたとはいえ、まだ体調が完全には戻っていないというのに」

ユリウスは心配のあまり苛立ち、腕を組みながら執務室を歩き回る。

「ユリウスさま、我が国の治安は万全です。近衛隊も見回っていることですし、問題なく戻ってこられましょう」

ジラルドは危惧するユリウスをなだめる。

「いや、迎えに行く」

外出時にいつも身につけている濃紺色のマントを羽織ろうとした。

「ユリウスさまが町に出られれば、大騒ぎになります」

国が平和なのも、町が豊かに暮らせるのも、軍神とあがめられているユリウスのおかげなのだ。民に絶大な人気があるユリウスの姿が少しでも見えようものなら、混乱しかねない。

「だが、ふたりが姫候補だと知られたりでもしたら、彼女たちは狙われてしまうかもしれない」

「ですから、こっそりと戻ってくればいいのです」

勝手に出ていったのだから、勝手に戻ってくればいいというジラルドの持論に、ユリウスは目くじらを立てる。

「なんと言おうが、わたしは行く」

ユリウスは執務室を急いた足取《せ》りで出ていった。国王ひとりでは行かせられないと、ジラルドも部屋を出る。そして近衛隊の精鋭十人を護衛に連れて、ユリウスのあとを追った。


「ルチア、あれを食べようよ！」

店先で細長いパンみたいなものを揚げて砂糖をまぶしている菓子を、エラが指差す。

勝手に出てきたことが気になって食欲がないルチアは、首を横に振る。

「エラは食べて」

「わたしだけ？　うん、いいわ。少しあげるね」

エラはシャツの前ボタンがはち切れそうなくらいふくよかな男性店主に、「ひとつください」と言っている。

ルチアは活気ある人々の邪魔にならないように、少し離れた端に立っていた。持ち手だけ紙に包まれた細長い菓子を携えて、エラがルチアの元へ戻ってきた。

ひと口かじってルチアの口元に持ってくる。

「美味しいわ。ルチアも食べて」

ルチアは仕方なく、それをちょっと口にした。

口の中に砂糖の甘さが広がる。島の食生活と町とではまったく違っていて、ほとんど食べたことがないものばかりだ。新しいものを知ることは嬉しいが、ルチアはやっぱり城に戻ろうと思った。

（こんなのちっとも楽しくない）

「エラ、帰ろう？　アローラさんも心配しているだろうし、もしかしたらユリウスさまの耳にも入っているかもしれないよ」

「ルチアったら、意外と気が弱いのね」

エラは笑ったが、ルチア越しに少し離れたところを見て、すぐに泣きそうな顔になった。

「これを持って！」

揚げパンをエラに持たされたルチアは、キョトンとする。

わけがわからないルチアをその場に残し、エラは離れてどこかへ向かう。ルチアがエラを目で追うと、彼女が駆けていく先に、白馬に乗るユリウスがいた。

「ユリウスさま！」

ユリウスは市場の人々に囲まれ、思うように進めないようだ。気が急いていたため、変装せずに出てきたせいだ。

「エラ！」

ユリウスの言葉に、町の人々がざわめく。

「もしかして、あのお方はエレオノーラ姫さまじゃないのか？」

「きっとそうよ！　とても可愛らしい方だわ！」

ユリウスに近づくエラのため、人々によって道が開けられた。騎乗していたユリウスは軽い身のこなしで白馬から降りる。

「ユリウスさま！」

笑みを浮かべたエラは、凛々《りり》しい姿のユリウスに近づくと抱きついた。その瞬間、町の人々の感嘆のため息で場がざわめく。

「おおっ！　なんと似合いのおふたりだろうか」

「おふたりの姿をこんな近くで拝見できるなんて、幸せだわ！」

ふたりを取り囲む群衆のせいで、ルチアは近づくことができない。人々の間を通ろうとするも、ドレスを踏まれて倒れそうになる。

「邪魔だよ！」

ルチアの長い髪がなにかに引っかかる。

「あっ！　きゃっ！」

とうとう転んでしまった。ユリウスとエラを見るのに夢中の人々に蹴られ、髪も踏まれ、気が遠くなりそうだった。そこを誰かの手によって起こされる。

「あ、ありがとうございます」

立ち上がったルチアはドレスの汚れを手で払い、お礼を言ってから顔を上げる。

「ジラルドさま……」

彼はいつになく厳しい目でルチアを見ている。

そこへようやくユリウスがルチアの元へやってきた。髪が乱れ、ドレスに汚れをつけている彼女を見て、ため息を漏らす。だが、ルチアをただ見つめるだけでなにも声をかけない。

ユリウスの腕には、ぶら下がらんばかりのエラがいる。彼女もひどいありさまのルチアを見ただけでスッと視線を逸らす。

（ユリウスさま、怒っているんだ……）

心配で彼は城から出てきたのだろうと、ルチアが謝ろうとすると――。

「ユリウスさま、ごめんなさい。わたしは来たくないって言ったのに、ルチアが強引で……」

エラが瞳に涙を溜めながら、ユリウスに謝る。ルチアは彼女の嘘に唖然とした。

（エラ、ひどいわ……）

「わたしは……」

弁解しようとしたが、こんな場所ではユリウスに迷惑がかかると思い、口を閉じた。

ユリウスはルチアを氷のように冷たい瞳で見つめたあと、彼女の横を無言で通り過ぎる。

（ユリウスさま……どうしてひとことも話してくれないの？　怒ればいいのに……）

エラと共に自分から離れていく彼の背中を見つめながら、ルチアの瞳は潤んでいた。

一国の王が、民衆の前で怒鳴ることなどするはずがないのだが、今のルチアはそこまで思い至ることができなかった。

とうとう大きな目から大粒の涙がこぼれ、頬を伝わる。ユリウスとエラは再び民衆に囲まれるようになり、涙で霞《かす》むルチアの目から消えた。そしてすぐにエラを白馬に乗せたユリウスが去っていった。

その姿にルチアの胸がズキッと痛み、呼吸ができなくなりそうなほど苦しくなる。

（ユリウスさまはエラを信じたんだ……）

「ルチアさん、どうぞ」

背後から聞こえるジラルドの声にハッとしたルチアは、急いで涙を手の甲で拭く。

俯きがちに振り向くと、彼に手を差し出された。

少し顔を上げてみると、ジラルドの隣に葦毛《あしげ》の馬がいた。その馬がとても近くて、ルチアは身体をビクッと震わせる。

「乗ってください」

先ほどは馬車だったが、今度は馬の背。まったく乗ったことがなく、恐怖に襲われ首を大きく横に振る。優しい目をしているが、馬の背は高さがあり、とてもじゃないが乗れそうにない。

この背に乗ると思うと怖くて仕方ないのだ。それでも迷惑がかかると考えて、馬の頬を撫でてみようと手を伸ばすが、触れた瞬間に引っ込めてしまった。

「……わたしは乗ってきた馬車で戻ります」

「あの馬車は帰してしまいましたよ」

「じゃあ、歩いて帰ります」

町から城まではまっすぐの道。城を見ながら歩けば着けるだろうと考える。

「ジラルドさまは先に帰ってください」

（ユリウスさまもジラルドさんも忙しいはず）

城を抜け出して迎えに来させてしまった罪悪感がある。

「あなたを置いて、ひとりで帰ることなんてできません」

「でも、馬は無理です」

ユリウスらが去ったあと、町の人々に注目されていたルチアは歩きだした。

「乗ってください。城に着く頃にはヘトヘトになりますよ。病み上がりの身体にはよくありません」

「ご心配は無用です。体力には自信があるんです」

慣れない靴のせいで足が痛いが、我慢して城に向かって歩く。

女の扱いが下手《へた》なわけではないジラルドだが、困っていた。無理に馬に乗せることもできず、護衛はユリウスに全員ついていき、今はひとりもいない。

ルチアを残して自分が一度城に返り、馬車で戻ってくる……そんな考えも浮かんだが、彼女をひとりにするのはあの騒ぎのあとで心配だ。仕方なく、葦毛の馬の手綱を持ってルチアに近づく。

「そんなに馬は嫌ですか？」

「乗ったことがないので、怖いです」

「同じ島で育ったエラさまは、そんなことはなかったですよ」

ルチアの身体が心配で、どうにかして乗せたかった。歩きで体力を使わせたくない。

「ですから先に戻ってください」

「あなたは頑固ですね」

手綱を引いている馬がルチアのそばを歩くと、彼女はサッと離れていく。

これほどまでに馬を嫌う人間を、ジラルドは知らない。自分たちにとって馬はなくてはならない大事な友人みたいなもの。だが、島育ちで見たことがないのなら無理もないか、とも思った。

戻りが遅いことに気づき、ユリウスさまが護衛をひとり出してくださるといいが……と、ピョコピョコと足を引きずりながら歩くルチアを見ながら考える。そこでジラルドは気づく。

「ルチアさん、足が痛いのではないですか⁉」

「これくらい、たいしたことありません」

本当のところ、ルチアはかなりやせ我慢をしているが、どうしても馬には乗りたくない。否、乗りたくないのではなく、この優しい目の大きな生き物が怖いのだ。

ジラルドは苦虫を噛みつぶしたような表情で、城への道をルチアに合わせて歩くしかなかった。

城まであと半分のところまでの森を歩いていると、向こうからユリウスが馬に乗って姿を現した。護衛はおらずひとりきりだ。

駆けてくる白馬にルチアの心臓が暴れ始め、瞳に恐怖の色を映し出す。

「きゃーっ！」

頭に両手を当てて、その場にしゃがみ込む。

「ルチアさん⁉」

ジラルドはしゃがんだままブルブル震えるルチアに驚く。

「ルチア！　どうしたんだ⁉」

ユリウスを背に乗せた白馬がふたりの前でぴったり止まると、ルチアは顔を引きつらせて地面に倒れた。

「ルチア！」

白馬から降りたユリウスは血相を変え、ルチアの上半身を起こすように抱いているジラルドの元へ行く。

「気を失っているではないか！」

「おそらく馬恐怖症かと。先ほどから怖がっていましたから」

「馬恐怖症……それで戻りが遅かったのか。今のうちに馬で帰ろう」

ユリウスは白馬に騎乗すると、ジラルドからルチアを抱き取った。


ベッドの上で静かに眠るルチアを、ユリウスは見守っていた。ドナート医師の見解では、頭の怪我の後遺症の懸念もあり、少し様子を見ることとなったが、おそらく馬恐怖症のせいだという診断だった。

「意識を失うほど馬が怖かったのか……」

ユリウスはふと、幼い姫が馬に突進されたときのことを思い出した。エレオノーラは無事だったのだが、助けようとした侍女が頭を蹴られて亡くなったことがあった。大好きな侍女を目の前で失い、エレオノーラは一ヵ月間も寝込んでしまった。それから彼女は馬に近づかなくなった。

「潜在意識の中にあのときのことがあり、馬を怖がったのかもしれない」

やはりルチアが姫だと確信する。しかし、決定的なものがなければ大臣たちは納得しないだろう。

「ん……」

ルチアは数回頭を左右に動かしたのち、目を開けた。

「ルチア、気分は？　吐き気はないか？」

「わたし……」

心配そうなユリウスを見て、自分はなぜベッドで寝ているのだろうと考えてから、ハッとする。

「馬が怖いそうだね？　わたしが乗っていた馬のせいで意識を失ったんだ。いや、もしかしたら頭の怪我の後遺症もあるかもしれないから、しばらくベッドから出ないようにとドナートが言っていた」

身体を起こすと、ユリウスが背にクッションを置いてくれる。

「頭は痛くないから、後遺症じゃないと思います」

市場でユリウスが自分を無視し、エラを連れ帰ったことが悲しく、それが尾を引いていてそっけない態度になる。

「もう二度とこんなことはしないでくれ。エラは強引に町へ連れていかれたと言っていた」

ユリウスの口調は優しかったが、誤解されて不満を募らせる。

自分も勝手に城を出たのだから、弁解の余地はない。それはわかっているが、エラの嘘を信じる彼が憎らしい。

「アローラさんに黙って出ていったのは悪かったけれど、わたしは姫ではないし、自由に町へ行ったっていいと思います」

思いがけないルチアの反撃に、ユリウスの涼しげな目が大きく開く。

「まだ君が姫だと決まったわけではないが、よからぬことを企《たくら》む輩《やから》にさらわれたらどうする？」

「わたしが狙われるわけがないです。エラを気遣ってください。町の人たちにエラが姫だと知られたんですから」

ルチアはベッドから出ようとするが、ユリウスの手に止められる。

「ルチア！　体力が落ちているんだから、まだ寝ているんだ」

ユリウスがエラを連れて先に帰ったのには理由がある。ルチアが町の人々の目につかないようにするためだ。

市場は港に近く、国交がある隣国の者も多数いる。もし自分がエラよりもルチアを連れ帰った場合、彼女がエレオノーラ姫だと思われる。いつもルチアの身を案じているユリウスにとっては、このことによって彼女が事件に巻き込まれるかもしれない懸念を排除するための行為だった。

（どうやらわたしは嫌われてしまったようだ……）

ユリウスは心を閉ざしてしまったかのようなルチアに、密かにため息をついた。

そこへ扉が叩かれ、ジラルドが姿を現す。

「ユリウスさま、そろそろ……」

執務室へ戻らなければならない時間だった。

「また来る」

ユリウスはルチアの頬にそっと手を当てると、出ていった。

「っ、はぁ……」

ルチアは大きく息を吐いた。扉が閉まるまで、緊張から無意識に息を止めていたようだ。

一度起き上がってみるも、ユリウスの言うように無理をしたため、体力が落ちている。再び頭を枕につけ、まどろみの世界に身をゆだねた。


夕食はルチアの大事を取り、アローラがベッドに運んできた。

「アローラさん、昼間はなにも言わずにいなくなってしまってごめんなさい」

ルチアは彼女の顔を見ると、すぐに謝った。

「心配しましたが、ルチアさんの考えじゃないことはわかっていますよ。さあ、どうぞ食べてください」

「ユリウスさまは……」

『また来る』と言って出ていったことから、食事のときに会えると思っていたルチアだが、まだユリウスは自分に怒っているのだろうかと顔を曇らせた。

アローラは、シュンと顔が暗くなったルチアを見て口を開く。

「おひとりで寂しいとは思いますが、北にある採掘所の山が崩れ、怪我人が出てしまい、陛下が赴かれました」

「採掘所……?」

島育ちで、採掘所がなんなのかわからないルチアは、怪我人を心配しながらも聞いてみる。

「我が国には金や銀、宝石の原石などが出る山があり、そこで採掘をする労働者がおります。この山々のおかげで裕福な我が国は、他国から狙われる存在なのです」

「この国は狙われているの?」

ルチアの背中にゾクリと寒気が走る。

「今は軍神ユリウスさまのおかげで、戦争を仕掛ける国はないようです」

「軍神って……?」

「見目麗《うるわ》しいユリウスさまですが、とてもお強いのでございますよ。父王と王妃が他国に暗殺されたとき、ユリウスさまは六万人の兵を連れ、一夜にして相手国の王や側近たちを滅ぼしたのです」

普段は剣を振るって戦いそうもないユリウスの別の姿に、ルチアは驚く。

「ユリウスさまは、ずば抜けて頭もいい方ですので、次期宰相になられるジラルドさまとの作戦も功を奏し、敵国は敵《かな》わなかったようです」

アローラは食べ終わるまで、ルチアが知らないことを話してあげた。

そのあと、彼女はルチアの入浴を手伝い、長い髪を乾かした。

採掘所での事故では、五人の怪我人が出た。崩れてきた石で怪我をしたその五人以外の者は無事だった。怪我人たちも大事に至らず、城の医師らに手厚く診られた。

それを翌朝アローラから聞いたルチアは、ホッと安堵する。

「数日休めば、普段と変わらない生活に戻れるそうですよ。怪我よりも、国王が来てくれただけで元気になると感激していたと、随行した近衛隊のひとりから教えてもらいました」

（ユリウスはこの国で、神さまのような存在なんだ……）

「あ、そうでした。ユリウスさまからご昼食を一緒にと、ご伝言がありましたわ。執務室でとのことなので、のちほどお迎えに参りますね」

アローラは隣の衣装部屋へ入っていく。

ユリウスから昼食に誘われて、ルチアの顔に花が咲いたような笑みが浮かぶ。しかしそれからすぐに首を大きく左右に振る。

(わたしはどうしたらいいの？)

ユリウスを拒絶する心と、好きな気持ちで複雑だ。冷たくされると悲しくなるし、キスをされると身体が熱くなって心が満たされる。

ぼんやり考えているところへ、アローラが衣装部屋から戻ってきた。レースがふんだんにあしらわれたクリーム色のドレスを抱えていた。


先ほどのクリーム色のドレスに着替えさせられたルチアは、鏡の前に座っていた。

アローラが丁寧にルチアの長い髪を梳いている。城へ来てから質のいい石鹸《せっけん》で髪を洗っているおかげで、淡いブロンドは波打つような艶になってきた。

「髪の毛はひとつに結んでもらえますか？」

「わかりました」

アローラはルチアの髪を後ろで三つ編みにして、ピンク色のリボンで結んだ。こうして着飾ったルチアを見ると、エラより気品がある、と心の中で思う。

「のちほど参りますので」

「はい。よろしくお願いします」

ルチアはアローラを窓際で見送った。

部屋にひとりきりになり、ユリウスからもらった絵本を開く。文字は読めるが、スラスラとはいかない。絵本は絵が描かれており文字が読みやすく、気に入っている。

内容は以前、島でユリウスが話してくれた人魚のもので、海や亀、そしてベニートそっくりのイルカも描かれている。そしてなによりも驚いたのは、人魚が自分の容姿に似ていること。

キラキラ光るブロンドの長い髪で、海の中を自由自在に泳ぐ人魚。違うとすれば人間の脚がなく、魚のような尾ひれがついていること。

ただ、絵本を読むと無性に島へ帰りたくなってしまい、気持ちが落ち着かなくなる。

ルチアはパタンと絵本を閉じると、窓の外に視線をやった。

「ルチア、体調はどうだい？」

アローラに案内されてユリウスの執務室へ入ると、大きな机に向かっていた彼が立ち上がり、ルチアを迎える。

「大丈夫……です」

立派な衣装を着てこの部屋にいるユリウスは、本当に国王なのだと実感して、ルチアの顔がこわばる。

自分の執務室でくつろいでいるユリウスは微笑んで、食事が用意されたテーブルへ彼女を連れていく。

「昼はそれほど食べないんだが、今日は君のために特別に用意させた」

テーブルにはルチアのいつもの昼食より豪華な料理が並んでいる。しかもルチアが好きだと言ったものばかりだ。アローラが搾りたての牛乳をグラスに注いでいる。

「魚も近くの島から取り寄せたものだよ」

蒸した大きな魚は白身がふんわりとしている。細かく切った野菜が入ったほんのり甘みのあるソースがかかっていた。このソースもルチアが城へ来てから好きになった味だ。軟らかそうな肉もあり、昼から贅沢である。いろいろな味に慣れてきたルチアは、食事の量も増えてきていた。

「美味しそう」

「さあ、食べよう」

ユリウスは対面の椅子にルチアを座らせて、自分も席に着く。いつの間にかアローラは退出しており、執務室にはふたりだけ。

「アローラさんから鉱山の事故を聞きました。鉱山の人たちは軽い怪我で済み、無事だったと……」

「ああ。命が失われず安堵したよ」

ルチアはユリウスがたくさんの人を殺したことがあると聞いていたので、彼の言葉に驚く。

いや、驚くというよりは、ユリウスに人を殺した経験があること自体、信じられない。普段は温厚で優しいユリウスなのだ。

「鉱山は危険があるところ？」

「ないとは言えないな。採掘は深いところでの作業だから、掘った穴が崩れるときもあるんだ。見てみたいなら連れていってあげるが、中には入らないと約束してくれ」

ユリウスは連れていくと言ってから、ルチアの馬恐怖症を思い出す。

果実酒の入ったグラスを置いて、魚を口に運ぶ美しい娘を見つめる。

「ルチア、馬は怖い？」

「顔は可愛いと思いますが……大きくて……急に襲われそうで怖いです」

やはり馬に襲われたときのトラウマだろう、と確信した。

「馬は君を傷つけることはしない。仲よくなれば、一緒に遠乗りに出かけられる」

ルチアは困ったような瞳を向けた。その瞳を見て、ユリウスはもう少し時間をかける必要があると思った。


食事が終わり、アローラと侍女たちがテーブルの上を片づけていた。

ルチアは執務室の机の向こう側の窓に足を進める。自分の部屋からは城の敷地しか見えないが、ここならば海が見えるのではないかと考えたのだ。

ユリウスはルチアのためになにかおもしろそうな本がないかと、本棚の前に立って探していた。

「ユリウスさま、窓を開けていいですか?」

窓まで行くとルチアは振り返り、少し離れたところにいるユリウスに聞いてみる。

「開けてあげよう。この部屋の窓の鍵は面倒なんだ」

ユリウスは手にしていた本を棚に戻し、ルチアの元へ颯爽とした足取りで向かう。

面倒だと言ったとおり、窓の鍵の部分を何度か動かす。

観音開きの窓を開けた途端、潮の香りが風に乗ってルチアの頬を撫でていく。

「海だわ！　海のにおいがする！」

ルチアは身を乗り出すようにして、懐かしい香りを胸いっぱい吸い込む。以前、港に船をつけた場所は見えなかったが、紺碧の静かな海に心が安らぐ。無性に泳ぎたくなった。

窓から身を乗り出すルチアに、ユリウスの胸は一瞬ドキッと音をたてる。乱暴に身を乗り出したルチアが落ちそうだと瞳に映ったのだ。

彼女の後ろから、細いウエストに腕を回した。

「ユ、ユリウスさまっ⁉」

驚いたルチアは海からユリウスへと頭を動かす。その顔は驚きで目を丸くしている。

「ひどく乗り出すから、君が落ちそうに見えたんだ。ほら、好きなだけ海を眺めるといい。わたしが君をこうして押さえているから」

「お、落ちませんから、腕を……」

まだアローラと侍女たちが食器を片づけている最中だ。アローラはともかく、他の侍女たちの存在が気になってしまう。

「ダメだ。君が心配で仕方ないんだ」

ユリウスが口元を引きしめ、首を横に振る。

「陛下、わたしどもはまたのちほど参ります」

「そうしてくれ」

ふたりを気遣ったアローラはユリウスに断ってから、侍女らを連れて執務室を出ていった。

「アローラは実に気が利く」

彼女たちが出ていったことにより、ルチアはユリウスにもっと身体が密着するように抱きしめられてしまった。

「侍女たちがびっくりしていました」

「当然だろうな。使用人の前でこんなふうに女性に接したことは一度もない」

ルチアの髪が後ろでひとつに結ばれているせいで、華奢なうなじが露出している。

ユリウスは誘われるように頭を落とし、うなじに唇をつけた。

「あっ……」

ユリウスの唇が触れて、ルチアの身体がビクッと跳ねる。

「君がそばにいると、触れずにはいられない」

「ユリウスさま……ああっ……」

再びうなじにユリウスの舌を感じ、身体中に電流が走った感覚に襲われる。

「君はここが弱いらしい」

「ダ、ダメです。やめてください……」

「嫌だ」

ルチアを抱きしめる腕に力がこもる。

「海……が、見たい……んです」

ユリウスの唇はルチアのうなじから、頬や耳朶《みみたぶ》に移動していく。

「海に負けたわたしは、君をじっくり堪能していくから、気にしないで海を見ていて」

ユリウスの唇が気になってしまい、ルチアは海を見るどころではない。それどころか、本当にキスしてほしい場所を避けるように、ユリウスは甘い唇を落としていく。

海からの潮のにおいよりも、ユリウスの爽やかでいてほんのり甘く香るにおいに、ルチアの心臓はうるさいくらい暴れ始めている。

ユリウスの腕の中で身体を動かし、彼と向き合う。

「ユリウスさまは……意地悪です」

「わたしが意地悪？」

ユリウスは楽しそうな笑みを口元に浮かべて、ルチアの顎に手をかけた。

「はい……」

「なにが意地悪なのかな?」

ルチアの顎をそっと持ち上げ、揺れる彼女の瞳を見つめる。

「ルチアはどうしてほしい?」

「わたしは……」

「ルチア、わたしは君が欲しい。君の身体に余すところなく口づけをして、思いっきり愛したい」

揺れていたルチアの目が大きく見開く。

「ユリウス……さま……?」

驚いて、顎にかかるユリウスの手を掴む。

「そんなに怖がらないで。今はまだそんなことはしない。時期が来るまで我慢しているんだ。わたしが君にできることは……これだけだ」

切なそうな表情でユリウスは顔を近づけて、ルチアの戸惑う唇を食《は》むようにキスをした。

ルチアを味わうように上唇と下唇を交互に何度も啄んだのちに、舌が口腔内へ。深いキスをされながら、ずっとこのキスを待っていたのだ、とルチアは思った。

ルチアを部屋へ送ったユリウスは再び執務室へ戻り、窓辺に立っていた。

（ルチアは海が懐かしいようだったな……）

海が生活の一部だったのだから、泳ぐことができない今は精神的につらいのかもしれない。島に連れていってやりたいが、姫の件を解決するのが先決。ルチアが姫だと確信はしているが、大臣たちが納得する証拠が必要なのだと考える。

ユリウスは深いため息をつくと、窓辺を離れ、執務机に着いた。


あと一時間ほどで太陽が沈む頃、執務室の扉が叩かれた。

「入れ」

ジラルドかと思ったユリウスだったが、扉を開けたのはアローラだった。なにやら血相を変えている彼女に、ユリウスは執務机に手を置き、椅子から立ち上がる。

「どうした？　アローラ」

「申し訳ありません、陛下。ルチアさんがお部屋にいらっしゃらないのです。もしかしたら陛下とご一緒かと思いましたが……」

執務室にもルチアの姿はなく、アローラはがっかりした表情になる。

「なんだと⁉　ルチアは昼食後、少ししてから部屋へ送り届けた」

「ではいったいどこにおられるのか……庭園や城中を探し回りましたが、まったく見つからないのです」

海を恋しそうに見ていたルチアの姿が、ユリウスの脳裏に浮かんだ。

「ルチアは海へ行ったのかもしれない」

後ろを振り返り、窓を開けて下を見る。海のすぐ近くの石段に、輝くブロンドが目に入った。

「あそこにいる！」

「ええっ⁉　失礼いたします」

アローラは国王の横へ行くと、窓から身を乗り出すようにして下へ視線を向ける。かなり離れているせいでちゃんと確認できないが、見事なブロンドはルチアのようだとアローラにも思えた。

「あんなところにっ！　いつ城を出られたのでしょう！」

海を見ていたルチアらしき人物は石段を離れ、歩き始めた。

「陛下！　海に向かっています！」

「アローラ、わたしは先に行く！　すぐに馬車で来てくれ！」

ユリウスは執務室を急ぎ足で出ていき、アローラもあとに続いた。

ユリウスの執務室で海を見てから、どうしても近くに行きたい衝動に駆られたルチアは、すぐに城に戻るつもりでこっそり部屋を出ていた。

城門を抜けるとき、門番にはなにも問われず出られた。戻ってきたときに城の中へ入れるかまで、ルチアは考えていない。今の彼女の頭にあるのは、執務室から見た海に行くことだけだった。

ドレスを持ち上げながら早歩きで森を抜け、一刻も早く海に着くよう休まずに進む。

一時間ほど歩き、森を抜けたルチアの目に恋しかった海が映った。

「海だわ！　海っ！」

石段を駆け下りて海に近づく。砂浜はなく、石畳の道の先はすぐ慣れ親しんだ海だ。

そこには誰もいなかった。町から離れており、人はほとんど来ない。

（入りたい……）

自分の姿を見下ろす。豪華なフリルたっぷりのドレスを着ている。このまま入ったらドレスが邪魔で泳げないし、濡らしたくはなかった。海に入るのは思いとどまり、その場に座る。

ている。

(もうそろそろ城へ戻らなきゃ……アローラさんが心配しているかもしれない)

そう思ったとき、沖から小さな船がやってくるのが見えた。なにかを網で引っ張っている。

船に乗っているのは三人の男たち。どんどんルチアのほうに近づいてくる船が引っ張っている網に目を凝らす。

漁の帰りかと思ったが、網の中でなにかが暴れているのが見えた。

(あれは……)

視線を逸らせずじっと見ていると、大きな背びれが網から覗いた。

「イルカだわ！　あの人たちはいったい、なにをしようとしているの？」

ルチアから少し離れた先の石畳の側壁に、船はぴったりとつけられた。

「どうしてイルカを捕まえたんですか⁉」

「なんだ？　この身なりのいい娘は」

慌てて船の三人に向かって聞くと、思ったより若い男たちはバカにしたように鼻でせせら笑う。

そのとき、網に捕らえられていたイルカが大きく鳴いた。ルチアはハッとする。

「ベニート？　ベニートなのね⁉」

問いかけに応えるように、イルカは高い音でもう一度鳴いた。

「そのイルカを放して！」

船から男がひとり、石畳に飛び移る。

「この娘、すごい上玉だぞ！」

船から降りた男の頬には大きな傷があった。その男がルチアに近づく。ルチアはベニートが心配で、男になにかをされるなどという考えは浮かばない。

「ベニートが苦しがっているわ！　放して！」

「それは無理だな、お嬢ちゃん。それともお嬢ちゃんがこのイルカの代わりに稼いでくれるのか？」

（この人はなにを言っているの……？）

ジリッとにじり寄ってくる男の他に、船からもうひとり石畳に飛び移り、ルチアに近づいてきた。

ルチアは頬に傷を持つ男が伸ばしてきた手を避け、綺麗な弧を描き海に飛び込んだ。

「な、なんなんだ⁉」

いきなりのルチアの行動に、男たちは驚いている。

「お嬢ちゃん、ドレスが水を吸って溺れ死ぬぞ！」

「戻れ！　上がってこい！」

ドレスはみるみるうちに水をたっぷり含み、重くなった。しかし、泳ぎは誰にも負けないルチア。見事な泳ぎで、網にかかったベニートの元へ到着した。

「あの娘は人魚じゃないのかっ⁉」

「おい、脚はあったか？」

顔を見合わせて呆気に取られている男たちだ。

ルチアは身体が重くなって、身動きが取れなくなってきたのがわかったが、ベニートを解放することだけに集中していた。

「娘！　網から離れろ！　溺れるぞ！」

船に乗っている男は網を引っ張る。陸にいた男たちも船に戻ってきた。

ベニートを助けようと、ルチアは力いっぱい網を引く。

「うわっ！」

網を持っていた男は足を滑らせ、海に落ちた。ベニートに絡みついていた網が緩み、ルチアは外そうと懸命に手を動かす。海に落ちた男は船にしがみつき、どうやら無事のようだ。

「なんなんだ、この娘は……」

豪華なドレスのまま海に入ったのに、溺れる気配のない娘に目を見張るばかりだ。

しかし今のルチアは体力がない。ようやく網からベニートが抜け出したのを見ると、彼女の身体から力が抜けた。

「娘が沈むぞ！　お前、泳げるだろ！　助けろ！」

「無理だよ！　俺が泳げてもドレスが重くて助けられない！」

男たちは慌て始めた。

ちょうどそのときだった。白馬から飛び降りたユリウスが、躊躇いもせずに海に飛び込んだのは。

見事な泳ぎでルチアの沈んだ場所を目当てに向かうと、海の底へ潜る。目を凝らしてみると、彼女がどんどん深く沈んでいくのが見えた。

（ルチア！）

息が続かなくなってもかまわないと、ルチアの元へ向かう。

そのとき、イルカが彼女の下に身体を入れて水面に上がろうとしているのが見えた。もしやあのイルカはベニートなのか、とユリウスは驚く。

島で一緒に泳いだイルカのようだが、遠いこの場所にいるとは信じられない。しかし、イルカはルチアを助けようとしている。

ユリウスは彼女の腕を掴み、海面へ顔を出させた。彼もドレスほどではないが水を吸う服を着ており、まとわりついてきて邪魔である。

海面へ顔を出したルチアは、喘《あえ》ぐように大きく深呼吸をした。そして自分を海面へ引き上げた人物を知ると、驚いてベニートから手が離れそうになった。

「ユリウスさまっ！」

彼のシルバーブロンドは水に濡れ、いつもより濃い色になっている。

そこへ馬車が近くで停まり、アローラと馬車の従者ふたりが駆け寄ってきた。濡れたルチアを急いで引き上げる。

陸に上がってからも、彼女はベニートが心配で海を見ていた。同様に石畳へ上がったユリウスは、ルチアの腕を強く掴み、振り向かせた。

「ユリウス……さま……」

ルチアはびっしょり濡れたユリウスを見てから、目を伏せる。心配をかけてしまい、ずぶ濡れの彼に申し訳ない気持ちでいっぱいだ。

しかし、彼の次の言葉で顔を上げた。

「君には常識ってものがないのか⁉　どれだけ心配したと思っている！」

エメラルドグリーンの瞳に怒りを見せているユリウス。

「だ、黙って出てきたのは謝るけど、ベニートが捕まっていたの！　見過ごせるわけないわ！」

ルチアがさっきまであった船の場所を見てみると、慌てたように去っていくところだった。

「勝手に城を抜け出すとは！」

「恐れ入ります、陛下」

そのとき、アローラがユリウスに腰を折る。

「なんだ⁉」

ユリウスは下唇を噛んで堪えているようなルチアを見ながら、噛みつくように返事をする。

軍神と恐れられているユリウスだが、この五年間、激情に駆られることはなかった。しかし、今は愛するルチアの行動に腹を立てている。エラと城を抜け出したときは、身の危険はそれほどなかった。だが今回はドレスのまま海に飛び込み、もしかしたら死んでいたかもしれないと思うと、ユリウスの全身に震えが走るほどだった。

彼の怒鳴り声に、ルチアはシュンとして再び俯く。

「もう日も暮れます。このままではお風邪を召されてしまいます」

アローラの言葉に、ユリウスは苦い顔で頷く。

「ルチア、馬車に乗るんだ」

「馬車へ？　座席が濡れてしまいます」

「それならわたしの馬に乗るか？」

ユリウスが愛馬を顎で示すと、即座にルチアは大きく首を横に振る。

「歩いて……帰ります」

「アローラ！　ルチアから目を離すな！　馬車へ乗せろ！」

ユリウスはアローラに命令すると、白馬に向かう。

ルチアは歩きだす前に、少し離れたところで海から顔を出すベニートを見る。

「ベニート！　もう人には近づかないで！　島へ帰って！」

ベニートに向かって叫んだ。ベニートはルチアを見つめてから、陸とは反対方向へ泳いでいく。

（よかった……きっとベニートはわたしを追ってここまで来てしまったのね……）

「ルチアさん、参りましょう。陛下のあれほどのお怒りは見たことがありません」

「アローラさん、またご迷惑をかけてしまいました……」

落ち込むルチアに、アローラは心の中でため息をつく。

「陛下はルチアさんが心配で仕方ないのですよ」

ルチアは馬車の入口でドレスの裾を手で絞り、躊躇ったのち、中へ入った。みるみるうちに、馬車は海水でびっしょりになる。

(馬車が対面式の椅子になっていてよかった)

隣にアローラが座れば、みるみるうちに彼女のドレスを濡らしてしまうだろう。

塩水で喉をやられ、痛みを感じていたルチアは目を閉じた。

城に戻るとすぐに熱めの風呂に入り、身支度を済ませたとき、予告もなしに部屋の扉が乱暴に開き、着替えが済んで一分の隙もないユリウスが入ってきた。

美麗な顔はまだ怒りを含んでおり、昼食を一緒に過ごしたときのユリウスとはまったく違う。ルチアは彼の怒りに、ジリッと一歩後退する。

「姫の件が解決するまで、部屋から出るのを禁止する」

「そんな！　どうして閉じ込めるのっ⁉」

横暴な決定にルチアは憤る。

「まだわからないのか？　もう少しで死ぬところだったんだ。もしくはあの男たちに捕まえられ、消息が掴めなくなっていたかもしれない！」

「そうはなりませんでした！」

「それは幸運だったからだ。君の突拍子もない行動が、わたしやアローラ、みんなを巻き込んでいるんだ」

ユリウスはルチアに近づくと、両腕を掴んで揺さぶる。

「みんなを巻き込んだのは申し訳ないと思っています。だけど、ベニートを助けられたことは後悔していないわ」

「君は……どうしたらエラのようにおとなしくしてくれるんだ？」

エラの名前が出て、胸に痛みを感じた。

「わたしはエラじゃないもの。それに姫じゃないんだから、自由なはずです。おばあちゃんにも会いたいし、島でのんびり過ごしたいっ」

「君はエレオノーラだ！　馬が怖いのも、五歳の頃の記憶が潜在意識に残っているからだ。だが、それだけでは確たる証拠じゃない」

ルチアを見つめるユリウスは眉をひそめ、苦しそうな顔になる。

「五歳の頃……？」

「馬がエレオノーラめがけて突進してきたことがあった。助けようとした侍女が馬に跳ね飛ばされて亡くなったんだ。エレオノーラはそれ以来、馬に近づかなくなった」

侍女が亡くなったと聞き、ルチアは息を呑んだ。

「エレオノーラはひどくショックを受け、一ヵ月もベッドから出られなかった。他にも君が姫だと思う証拠はある。しかし……」

「もうやめて！　わたしは姫じゃなくてもいい」

腕を掴んでいたユリウスの手から逃れるように身じろぐ。

「ルチア！　君は姫でなければ、わたしから離れてもいいと言うのか？」

ユリウスはルチアがいなくなってしまいそうで怖くなった。こんな思いは初めてだ。

「今は……なにも考えられない」

「……わかった。時間はたっぷりある。この部屋でゆっくり考えてくれ」

ルチアから距離を取ると、扉へ向かう。

「誰かいないか！」

扉を開けながら叫ぶユリウスの前に、アローラが姿を見せる。

「陛下」

「ルチアを部屋から一歩も出さないように。侍女たちと交代で見張るんだ」

「かしこまりました」

アローラはユリウスに向かって深く膝を折り、礼をする。ユリウスは深いため息をついて室内を一度見やると、去っていった。

アローラが部屋へ入ると、ルチアは暗闇が覆う窓の外を見ていた。

「ルチアさん、陛下は先ほどよりさらにお怒りになっていました。なにを言ったのですか？」

アローラはこのふたりを応援していた。自分になにかできることがあれば、と聞いてみたのだ。

彼女のほうへ向き直ったルチアは小さく首を横に振る。その顔は寂しそうだ。

「心配をかけてしまってごめんなさい」

「しばらくすれば、陛下のお怒りは収まると思います。おとなしく部屋でお過ごしください」

「そうするしかないみたい……」

ルチアは悲しげに微笑んだ。


翌日、ルチアが部屋で昼食をとり、侍女たちが片づけているとエラがやってきた。

「ルチア！　部屋から出てはいけないって聞いたわ。城を勝手に抜け出すなんて」

エラは驚いた表情でルチアの元へやってきて、対面の椅子に座る。窓辺にいるルチアの手元の絵本に、ちらりと目をやった。

「それは？」

「これはユリウスさまからいただいた絵本よ」

ユリウスからそういったプレゼントをもらったことがなく、エラはムッとなる。

「そんな幼稚なものをユリウスさまが？」

「幼稚……確かに、わたしはやっと字が読めるようになったばかりなんだもの。この絵本は宝物よ。とても素敵なの」

ルチアは大事そうに絵本を胸に抱く。

「気に入ってよかったわね。わたしなら宝石や最高級のドレスのほうが嬉しいけど。あ、アローラ、お茶をちょうだい」

扉の近くに控えているアローラに、エラはこの部屋の女主人のごとく命令する。

「ただ今お持ちいたします」

アローラは隣にいる侍女に頷くと、部屋を出ていった。

「外に出られないなんて、退屈でしょう？」

「……仕方ないわ……ここにいればユリウスさまに心配をかけることもないし」

ルチアは諦めた様子で、小さくため息を漏らす。

「わたしが外出しても、ユリウスさまはなにも言わないのに。きっとルチアに姫面《ひめづら》をして出歩いてほしくないのね」

「エラっ！　わたしは姫面なんてしてないわ」

エラは誤解している。ルチアはわかってもらおうと強く言った。

「お茶はまだかしら？　遅いわね。喉が渇いたのに」

エラは戸惑う瞳を向けるルチアを無視して、部屋の中へ視線を動かす。気まずい空気が流れたのち、お茶のセットを持ったアローラがやってきた。

アローラはふたりの前の丸テーブルの上に、ローズの香りがするお茶と、果物がたっぷりのったタルトを置いた。

エラはなにも言わずにお茶を飲み、タルトを頬張る。

「お城は美味しいものばかりで困ってしまうわ。最初はあまり食べないように遠慮していたんだけど。ここへ来たばかりの頃に着ていたドレスのウエストがきつくなってきちゃって。縫製が悪いのかしら。それとも生地かもしれないわ」

美味しいものばかりで困っていると言うからには、ウエストがきつくなった理由がわかりそうなものだが。

ルチアはお茶をひと口飲んだだけで、なにも言わなかった。

エラが幸せならそんなことは気にしなくてもいい。ルチアはそう思った。

ユリウスが怒りを露わにしてから、ルチアの元へ彼は現れない。

あれから一週間が経ち、アローラから、庭へ出ることが許されたとルチアは告げられた。

ずっと部屋にいるルチアに元気がなくなったと、ユリウスがアローラから報告を受けたからだ。彼女の行動を制限することによって、またユリウスの心配事が増える。

ユリウスはますます、姫の件を早く解決しなければと焦っていた。

ルチアが部屋で本を読んでいると、アローラが明るい表情でやってきた。読んでいた本をパタッと閉じる。部屋でやることといえば本を読むことしかなく、ルチアの読書力は普通の女性と同じくらいになっていた。

「ルチアさん、明日の夜会に出席できますわ」

「夜……会？」

ルチアは夜会がなにか理解できず、首を傾げてアローラを見つめる。

「貴族たちを招待し、夜に行われるパーティーです。それはそれは華やかで」

「……わたしは出ません」

あれからユリウスは一度も顔を見せてくれない。あの出来事がそれほどの怒りを招いたのだと、ずっと思い悩んでいた。

「まあ！　それは許されないですよ。陛下は必ずルチアさんを出席させるようにとおっしゃっていましたから。陛下とダンスもできるのです」

「それなら……それなら……」

（ユリウス自身が来て、誘ってほしい。『もう怒っていないから』と）

悲しくなって、ルチアの瞳が潤んできた。

「それなら……？」

「……いいえ、なんでもないです。わたしはダンスもできないし、マナーもわからないし……出たくないと伝えてください」

しかし、アローラからはユリウスに言いづらいかもしれないと思い直す。

「いえ。ここへ来てほしいと、伝えてください」

「ルチアさん……わかりました。ちゃんとお伝えして、陛下にこちらへ来ていただけるようお願いしてきますわ」

アローラは本を持つルチアの手に力が入るのを目にする。彼女は翼をもがれた鳥のようだと思った。

島で会ったルチアは、はつらつとした娘だった。今はあまり笑うこともなく、ただユリウスの怒りが収まるのを待っている。そんな感じに見受けられた。ルチアに城の生活は窮屈なのかもしれない。


アローラからルチアの様子を聞いたユリウスは、多忙な執務後の夜遅くに、彼女の部屋へ向かった。

隣国へ送っている密偵から、我が国の鉱山を狙っている情報が報告され、その対策に数日間忙しかった。

（この時間、ルチアは就寝の用意をしているだろう。いや、遅すぎるくらいか）

ルチアの部屋の扉を三回ノックしたのち、内側から開かれる。アローラだ。彼女はユリウスに深くお辞儀をして、持ち場を離れた。

彼が部屋に入ると、ルチアは天蓋付きのベッドに横になっていた。ユリウスの姿を見て、驚いた様子で身体を起こす。こんな夜遅くに来るとは思っていなかったのだ。

「ユリウスさま……」

「そのままでいい」

ベッドから下りようとするルチアを制して、ユリウスは端に腰かけた。

彼はまだ、いつものようなドレスシャツにロングコート姿のままだ。星空のような濃紺色のコートで、後ろで結ばれたシルバーブロンドの髪がさらに輝いているように見える。

「夜会には出たくないと聞いた」

「わたしには場違いで、マナーも知らないから」

「君は場違いではないし、明朝にマナーの先生をつける。賢い君のことだ。すぐに覚えるだろう」

ユリウスの言葉に、ルチアは表情を硬くして首を横に振る。

「どうしてだ？　この部屋に閉じ込められて拗《す》ねているのかい？」

「す、拗ねてなんていません！」

ルチアの頬がほんのり赤くなり、ユリウスの口元に笑みが浮かぶ。流麗に微笑んだ彼は、ルチアの手に自分の手を重ねる。

「君が城を抜け出したとわかり、探しに出れば海に入っていて、どれだけ心配したことか」

「……そのことは……反省しています……」

「君の行動はわたしの寿命を縮めているんだ」

ルチアの手を自分の胸に持ってきて、触れさせた。

「早く君をわたしのものにして……わたしの庇護《ひご》の元で幸せな暮らしをさせたい」

「わたしは、おばあちゃんのことも心配なんです」

「それはわかっている。君が姫だと認定されても、悪いようにしないつもりでいる。嘘をつき通すエラの両親のほうが罪は重い」

「でも、わたしよりエラのほうが姫さまに相応しいです」

エラの姫さま然とした振る舞いは自分にはできない。彼女が生まれながらの姫に思えてくるのだ。

「彼女のほうがここで暮らした期間が長いせいだ。ルチア、夜会に出てくれるね？」

ユリウスはルチアの艶やかな淡いブロンドの髪に、指を挿し入れて梳く。

ルチアはまだ迷っているようで、返事をしてくれない。そこでユリウスは顔を近づけて唇を重ねた。

何度か角度を変えて彼女の甘い唇を堪能したのち、理性を振り絞って離れると、口を開く。

「明日は朝から忙しくなる。もう寝なさい」

「ユリウスさま……」

仕方なくコクッと頷いたルチアの瞳は、たった今のキスで潤んでいた。

「おやすみ。ルチア、夢で会おう」

ユリウスは名残惜《なごり》しそうにルチアの額に唇を当てると、部屋を出ていった。

第六章　国王は人魚姫を愛す

ユリウスの言ったとおり、翌日になると、朝食後に休む間もなくルチアの母くらいの年齢の女性がやってきた。アローラがその上品そうな女性を紹介する。

「ルチアさん、ジラルドさまの母君のアデル・モーフィアスさまです」

黒髪を美しく結い、小柄で上品な女性がルチアの前まで来ると、優雅に膝を折ってお辞儀をする。

「ルチアさま、アデルと申します。以後お見知り置きを」

「ル、ルチアです。あの、『さま』付けは……」

ジラルドの母といえば、公爵夫人である。以前アローラから、ジラルドは公爵の子息だとルチアは聞いていた。

姫だと決まっていないのに、『さま』付けはされたくなくて、アローラや侍女たちにも『ルチアさん』と呼んでもらっている。

「ルチアさまは奥ゆかしい女性なのですね。わかりました。ルチアさんと呼ばせていただきますわね」

「はい！　よろしくお願いします」

ルチアは窓際の、大理石で作られた丸いテーブルで授業を受けることになった。

夜会の始まりの歴史や、どんな招待客が来るのか、招かれている他国の話などで、午前中があっという間に終わった。

昼食をとりながら、夜会では女性は男性が食事や飲み物を持ってきてくれるまでなにも口にできないことを聞き、ルチアは呆気に取られる。

「そんな……美味しそうなお料理があったら、食べたくなります」

「貴族の女性はそういうふうに教えられています。自分から食べ物や飲み物を取りに行くなど、恥ずかしい行為なのです。けれど、ご安心ください」

アデルはにっこり笑う。

「安心……？」

「ちゃんと陛下はわかっていらっしゃいますから、ルチアさんがなにも食べられなかったり、飲めなかったりすることはありませんわ。陛下は女心も敏感に察してくださる方です」

ユリウスが女心も敏感に察すると聞いて、過去に恋愛関係になった女性がいたに違いないとルチアは感じ取ってしまう。

「陛下は、我が国の独身女性や他国の姫君にとても人気があります。ですが、息子から聞く限りでは、陛下はルチアさんにご執心だと」

「ジラルドさまが……」

アデルは息子から、ルチアがエレオノーラ姫かもしれないと聞いていた。エラにもマナーの授業をしたことがあるが、彼女よりもルチアのほうが聡明で、無邪気で、そしてなによりも気品があると、この数時間で感じていた。

「わたくし、お小さい頃のエレオノーラ姫に何度もお会いしたことがあります。本当に愛らしい天使のような姫君でした。陛下とエレオノーラ姫は許婚同士でしたから、大きくなって相思相愛であれば素晴らしいことです」

アデルの言葉に、ルチアは困惑した表情になる。

「わたしが姫だと確信できるものはないので……」

そこでアローラが入室し、ダンスの先生が来たことを告げると、アデルは「夜会でお会いしましょう」と言って部屋を出ていった。

ダンスの教師は、背筋がピンとしており姿勢正しいが、祖父と言ってもいいくらいの年齢の男性だった。ユリウスが『若い男を選ぶな』と指示していたせいだ。

初めて習うダンスはなかなか難しく、何度も教師の足を踏んでしまう。それでも一時間も経てば、なんとか彼の足を踏まなくても踊れるようになった。

二時間ほどレッスンしたあと、ダンスの教師は帰っていった。

今日は朝から知識を詰め込み、二時間の慣れないダンスをして、ルチアは疲れを感じていた。そこへアローラと侍女が美しい水色のドレスを運んできた。

「ルチアさん、見てください！　とても美しいドレスです！　こんなに見事なドレスを見るのは久しぶりですわ」

アローラが誇らしげにルチアに見せるのは、レースが幾重にも重なった、熟練の職人の手がかかっているドレスだった。

そして驚くことに、美しいサファイアのネックレスがある。嵐の日にアマンダからつけられたネックレスではないが、これも大きな宝石で、素晴らしい細工が凝らしてあった。

「こんな高価そうなもの、つけられません」

「そんなことを言われましても……陛下からおつけになるように申しつけられておりますす」

アローラはにっこり笑って、ゴージャスなネックレスをうっとりと見る。

「この水色のドレスにぴったりですわ。それに、夜会に出席なさっているご令嬢は必ず、こういった美しい宝飾品を身につけておられます。むしろ、なにもないと、主催した陛下に失礼に当たります」

そういうものなのかと、ルチアは仕方なく頷く。

「ダンスのあとで喉が渇いたでしょう。お茶でひと休みしてから、お風呂に入りお支度をしましょう」

ドレスを持っていた侍女はベッドの上に丁寧に置くと、お茶を用意するために部屋を出ていった。


アローラに付き添われて、夜会が行われる大広間に足を踏み入れた途端、ルチアは人の多さにめまいを覚えた。

「こんなに人がいるなんて……」

城の生活でたくさんの人に慣れてはきたが、ドレスアップをして楽しそうに雑談している紳士淑女たちに圧倒されるばかりだ。

「すぐに陛下がいらっしゃると思います。もう少し中ほどへ参りましょう」

今ルチアが立っているのは、中央口のそばだ。まだ招待客はあとを断たない。

ルチアが中央口を離れたとき、ジラルドのエスコートでエラが姿を現した。ローズピンク色のドレスを着た彼女の登場に、会場が先ほどより騒がしくなる。エラは凛とした表情で自信ありげだ。

婚約は延期したものの、その理由は明らかにされておらず、世間ではエラはまだ国王の婚約者の位置づけだ。

招待客に注目され、彼女は口元に笑みを浮かべながら、ジラルドと共に大広間の中ほどへ進んでいく。

そのとき、ざわついていた会場が一気に静かになった。聴こえるのは楽器を奏でる楽団のゆったりとした曲だけ。

「陛下ですわ」

ルチアのところからではユリウスの姿は見えないが、この雰囲気を何度も味わっているアローラは彼女に耳打ちする。

招待客に注目される中、ユリウスが堂々たる口調で歓迎の言葉を述べると、楽団の曲が大きくなり、ダンスフロアのスペースが着飾った男女で埋められていく。女性客が色とりどりのドレスで踊る姿は、ダンスフロアに花が咲いたようだ。

「まあ。さっそく陛下は女性たちに囲まれていますわ。ルチアさん、陛下のおそばへ参りましょう」

アローラがユリウスの元へルチアを連れていこうとした、そのとき――。

「驚いたな。島にいた頃とは別人のようじゃないか」

聞き覚えのある太い声に、ルチアは振り返る。背後に正装した大柄の男がいた。

「バレージ子爵！」

「国王の妾に、わざわざなりに来たのか？　俺はずっと待っていたんだぞ」

「そういうわけではないです。待たれても困ります……」

ルチアは眉を寄せながら、小さく首を横に振る。

「わかっている。お前が姫かもしれないんだろう？」

「え？　それをどうして……？」

ニヤリと笑みを漏らすバレージに、キョトンとする。

すぐそばにいるアローラも、ユリウスの側近ではないバレージがなぜ知っているのだろうと首を傾げた。

「城で隠し通せる話などないってことだ。それよりも、ずいぶんと美しくなったものだな」

バレージの指先がルチアの顎にかかり、上を向かされようとした瞬間、彼女は手を払っていた。

「くっ、気が強いのは変わっていないな。おとなしく籠の鳥になったかと思っていたんだが」

バレージは睨むルチアに口角を上げた。彼女の前にアローラが進み出る。

ルチアだけでなく、ユリウスに対しての悪意にも取れる。アローラは気を引きしめた顔になってから、バレージに頭を下げる。

「バレージ子爵、ルチアさんは陛下に呼ばれていますので、失礼させていただきます」

アローラの言葉に、ルチアはホッとした。この男の目つきは、落ち着かない気分にさせる。ルチアが習ったとおりにお辞儀をして、くるりと方向を変えると、腕が掴まれた。

「前に話した提案は有効だぞ」

「そんなことは、これっぽっちも思っていませんから」

バレージの手から逃れると、歩き始めた。

「前に話した提案とは……？」

アローラはバレージの言葉を疑問に思い、ルチアに尋ねる。

「……町で暮らしたくなったら、俺のところへ来いと」

それを聞いて、アローラは心の中で憤慨する。ルチアが姫かもしれず、陛下が彼女を愛していると知っておきながら、一向に言動を改めていないらしい。バレージ子爵は要注意だと、ジラルドの耳に入れておかなければ、と思った。

「バレージ子爵には近づかないほうがいいですね。馴れ馴れしくルチアさんに触れるなど、陛下を軽んじているようですわ」

そこへ、黒の夜会服に身を包んだジラルドがふたりに近づいてきた。

「ああ、ここにいたんですね。探しましたよ」

「ジラルドさま、申し訳ありません」

アローラは膝を折り、ジラルドに謝る。

「ルチアさんの姿が見えないので、陛下は苛立っているんです。気を抜けば女性たちに囲まれてしまいますので」

ジラルドはダンスをしている男女の横を通り、ルチアをユリウスの元へ案内する。

視界が開け、数メートル先の数段高い玉座に座る彼をルチアは見つけた。今日初めて目にするユリウスは、シルバーブロンドの髪を後ろでひとつに結び、夜空のような色の夜会服に身を包んでいる。そこで彼だけが光を放っているような存在感である。

宝石などをあしらった立派な玉座にユリウスは脚を組んで座り、そのまわりに女性が十人ほどいた。

アローラは小声で、彼女たちはこの国の有力者の娘や孫たちだということをルチアに教える。国王とエラの結婚が延びたことで、自分たちにもまだチャンスがあるかもしれないと、ユリウスのご機嫌を取っているのだ、と。

「陛下がお待ちですわ。ルチアさん、行きましょう」

あの女性たちの中へ行くのは、勇気がいる。でも、ユリウスは自分を待っているという。

ルチアは小さな吐息を漏らすと、歩き始めた。

玉座まであとほんの少し……というところで、ユリウスを囲むようにしていた女性たちが急にどき始めた。彼女たちはルチアが現れたせいでどいたというわけではない。ルチアの斜め後方を見ている。

どうしてなんだろうとルチアが振り返ったとき、エラが堂々とした足取りで通り過ぎる。

「ユリウスさまっ！」

愛らしいローズピンク色のドレスを両手で持ち上げて、高揚した顔でユリウスに近づく。ユリウスの英知を感じさせるエメラルドグリーンの瞳が、エラへと向けられた。

そんなふたりを見て、ルチアは動けなくなる。ユリウスの視界からは、彼を囲むようにしている女性が壁になってルチアが見えない。

「ルチアさん、どうしたのですか？　行きましょう。ユリウスさまがお待ちです」

ジラルドが振り返り、ルチアを進ませようとする。

「わたしは……ユリウスさまのところへは、あとで行きます」

エラの幸せそうな笑顔を見ていると、彼女の楽しいひとときを邪魔したくないと思った。

「ですが、ユリウスさまはあなたを待っておられるのですよ」

ジラルドが顔をしかめて渋い表情になる。今日の彼は全身黒ずくめの夜会服で、女性に誘われるのを拒絶しているかのように冷たく見える。

「ユリウスさまには、あとで必ずと伝えてください」

ドレスの裾をひるがえし、ルチアはその場を離れた。彼女の後ろをアローラが追いかける。

ルチアは開け放たれた横の扉から外へ出た。手入れされた花壇や木々に囲まれた中庭だ。大広間の明かりが届く場所では、思い思いに男女が話をしている。

座り心地のよさそうな椅子も用意されており、空いているのを見つけてそこへ腰を下ろした。

「ルチアさん、夜会が終わらない限り、陛下と話やダンスをしたい女性たちが途切れることはありませんわ」

「わかっているけれど……」

もの怖《お》じしない性格だが、あからさまにユリウスを狙っている女性たちの中に入るのは躊躇われた。エラに遠慮もある。幸せそうな顔を見ていたら、行くわけにはいかなくなった。

「ルチアさんがエラさんのようであれば、陛下も苦労しないのでしょうね」

アローラの口から深いため息が漏れる。

「えっ？」

ルチアは靴を脱いでいて、彼女の声が耳に入っていなかった。

「いいえ、なんでもありません。それよりも、足が痛いのですか？」

アローラはその場にしゃがみ、ドレスから覗くルチアの足に触れる。

「いつもより踵《かかと》が高くて。脱いだらスッキリしました」

ルチアの顔に茶目っ気たっぷりな笑みが浮かぶ。

大広間から、ゆっくりとした曲調の音楽が風にのって聴こえてきた。その曲は今日の午後、ダンスを教師に習ったときのものと似ている。

中庭に咲く花のにおいを感じようと、ルチアは目を閉じた。

そこへ――。

「ジラルドに頼まず、わたしが君を迎えに行くべきだった」

ふいに飛び込んできた魅力的な男性の声に、ルチアの目がパチリと開く。

「ユリウスさまっ！」

「わたしを女性たちから救ってくれないとは、ひどいな」

薄く笑いながら恨みごとを口にしたユリウスは、彼女の隣に腰を下ろす。

どこからともなく現れた近衛兵たちに周囲をぐるりと囲まれ、ふたりの姿は大広間にいる招待客から隠された。

近衛兵たちはふたりに背を向けて整列している。アローラもいつの間にかいなくなり、この空間はふたりだけになった。

「なにも言わなくても、助けてくれる彼らがいるじゃないですか」

彼らとは近衛兵のことだ。ルチアはここまで来てくれたユリウスに驚きながらも、嬉しくてにっこり微笑む。彼女の笑顔にユリウスも端正な顔をほころばす。

「君とダンスをしたくて夜会を開いたんだ。主役がいなくてはつまらない夜会になる」

「ほんの少しだけレッスンしたわたしが、たくさんの人が見ている前で踊るなんて無理です。無茶を言わないでください」

ユリウスの手がルチアの手に重なり、彼の形のいい唇が当てられる。

甘さを含む瞳で見つめられ、手の甲にキスされたルチアの心臓がドキドキと暴れ始める。

「このわたしに任せてくれれば、君はちゃんと踊れる」

「わたしは今日、何度もダンスの先生の足を踏んだんですよ？　怪我をしたいのですか？」

真剣な表情になったルチアに、ユリウスは楽しそうに笑う。

「運動神経が鈍っている年配の先生を選んだせいだろう。君がわたし以外の若い男に教わるのは嫌だったんだ」

「ユリウスさま……」

嫉妬で若い男性をつけなかったことを考えると、なんだか可愛くて、ルチアはクスッと笑みを漏らす。

「子供っぽい考えだとでも思っているんだろう？　本当ならわたしが教えてあげたかったんだ」

「子供っぽいだなんて……はい。そう思いました」

手を繋ぎ、こんな他愛のない会話をするのが楽しくて仕方がない。

「踊ってくれるね？」

その手を放したユリウスは、椅子から立ち上がると片膝をついて、ルチアをまっすぐ見つめる。そしてもう一度、彼女に向かって手を差し出した。

ルチアは困惑した表情を浮かべたが、ユリウスの手を取った。


大広間に国王と淡いブロンドの娘が現れると、みるみるうちに道が開け、ルチアはダンスフロア中央へといざなわれる。

招待客の興味津々《しんしん》の視線に、ルチアの心臓は痛いくらい暴れている。

（わたしがミスをしたら、ユリウスさまが笑われる……）

そう思うと金縛りに遭ったかのように、足が動かない。

引きつったような表情のルチアの耳に、ユリウスは顔を寄せる。その瞬間、まわりで見ていた女性たちから黄色い悲鳴が上がる。

「ルチア？　いつもの君でいいんだ。まわりは気にしないでいい。君が間違えたとしても、わたしがわからないようにフォローしてあげるから」

心に響く声で甘く諭すように囁《ささや》かれ、こわばっていたルチアの身体からようやく力が抜けた。

ユリウスが楽団に手を上げると、美しい音色が奏でられ始めた。

ルチアはユリウスのリードで足を踏み出す。習った教師とは違い、ユリウスはルチアを軽々と踊らせてくれる。

ダンスとはこんなに楽しいものだったのかと、ずっと笑顔が崩れない。

「ユリウスさま、楽しいです」

クルッとユリウスの腕の中で回される。

「泳いでいるときのように生き生きしている」

まわりで見ている者たちは、楽しそうな国王に目を見張っていた。

そこで曲調のテンポが少し速くなる。軽快な曲だ。

「わたし……この曲……知っている気が……」

クルクルとユリウスに回されるも、身体が動きを覚えている気がする。ルチアは水を得た魚のように、自由に踊ることができた。

ふいにユリウスが動きを止めた。

「どうし――」

小首を傾げて見つめるルチアを、ユリウスは『信じられない』というような表情で抱きしめた。またもまわりから小さな悲鳴が上がる。

「ユ、ユリウスさまっ、離して……」

「君はやっぱりエレオノーラだ」

「えっ⁉」

「この曲でよくわたしたちは、大人の真似《まね》をして庭で踊っていたんだ。君の身体が覚えていた」

ユリウスはルチアの両手を握り、確信を得たかのようにエメラルドグリーンの瞳を輝かせた。

そこへジラルドがふたりの元へやってくる。

「ユリウスさま、お話はお席のほうで。ここでは注目を浴びてしまっています」

「ああ、そうだな。ルチア、喉も乾いただろう。休もう」

ユリウスはルチアをエスコートして玉座へ連れていく。

そのふたりの姿を悔しそうに、下唇を噛んでじっと見つめているのはエラだ。そんな彼女の元に、ひとりの男が近づいた。

翌朝。重たいカーテンが開けられて、朝日がルチアの顔に当たり、彼女は目を覚ました。

「おはようございます」

「アローラさん、おはようございます。すみません。わたし、寝坊をしてしまったみたい」

ベッドから抜け出て、床に足をつける。

「夜会でお疲れになったのでしょう。ぐっすり眠れましたか？」

「はい。横になったらすぐに」

緊張とダンスで、思ったより疲れていたようだった。

「陛下がご昼食をご一緒に、と。お支度にも時間がかかりますから、お早めに起こさせていただきました」

「大変！　あまり時間がないわ！」

「ご入浴の用意はできておりますから」

ルチアは風呂の用意がされている隣の部屋へ向かった。

「アローラさん、どこへ行くの？　ユリウスさまの執務室では？」

階段を下りて、一階の廊下を歩いているルチア。

「はい。今日は陛下が特別にお考えになった場所へ行かれるようですよ」

不思議そうに歩くルチアにアローラはにっこり笑って、先を急がせる。

城の前庭に出ると、二頭立ての馬車が待っていた。

「馬車に乗るんですか?」

前にいる馬を見ないようにしていると、カツンカツンと足音が聞こえてきた。

「ルチア」

ジラルドを従えたユリウスだった。

「ユリウスさま、いったいどこへ行くのですか?」

「それは内緒だよ」

ユリウスはいたずらっ子のような笑みを浮かべ、ルチアを馬車の中へいざない、自分も乗り込んだ。

扉が静かに閉められ、馬車はゆっくり動きだす。

ルチアの手は、隣に座るユリウスに握られたままだ。

「アローラさんは?」

「別の馬車でジラルドと来るから、心配はいらない。それとも、狭い馬車の中にふたりっきり。なにかされるとでも思っているのかい？」

ユリウスの瞳が楽しそうだ。ルチアをからかうのが嬉しい。

「そ、そんなこと思っていませんっ」

「それは残念だな。わたしは今すぐキスをしたいと思っているのに。早く君をわたしのものにしたいよ」

先ほどのからかうような雰囲気からガラリと変わって、真摯に見つめられる。

「君が姫に違いないが……いつもそこに思考が行き着いて、憤ってしまう」

「ユリウスさま……おばあちゃんを責めないで……」

ルチアは隣に座るユリウスの手に、自分の手を重ねる。

「わかっている。おばあさんのせいだけじゃない。このまま強引に花嫁にしたいが、君の立場がなくなるのは避けたい」

「わたしは……今のままでいいの。ゆっくりで……」

エラのことが気になるし、ユリウスにも負担をかけたくなくて、そう言っていた。

少しして馬車が停まった。

「あ……海のにおい」

大好きな潮風が鼻をくすぐった。

御者が扉を開けるのが待てず、ルチアは外に飛び出した。そこはベニートが男たちに捕まったところだった。

雲ひとつない青空の下、日差しを遮る天蓋付きのテントのようなものが設置されている。すぐ近くでは料理人たちが忙しそうに動いていた。その光景に、先に外へ出たルチアは呆気に取られる。

「驚いたかい？」

ユリウスはルチアの後ろに立ち、声が出せないでいる彼女の両肩に手を置いてテントのほうへ歩かせる。

「ユリウスさま……お城の厨房《ちゅうぼう》が丸ごと移動してきたみたい……」

アローラとジラルドもやってきて、驚くルチアを見て満足げだ。

「海を見ながら、美味しいものを食べさせてあげたいと思ったんだ」

ユリウスは高揚したピンク色の頬に口づける。

さらに頬を赤くしたルチアをテントの中へ進ませる。そこは城の居間のようだった。

(重厚なテーブルセットやソファセットを、どうやって運んだの？)

「未来の王妃のために。気に入ったかい？」

「ユリウスさま……もちろんです。海が近くにあって。こんな素敵な空間にいられるなんて……」

「君が喜ぶことなら、なんでもしてあげたいんだ。お腹が空いているだろう？　さあ、座って」

ユリウスに椅子を引かれ、ルチアは腰を下ろす。座った場所から静かな紺碧色の海が見える。海を感じ、外で食事ができる贅沢な時間だ。

テントは海を正面に天蓋が開かれており、まわりからは中が見えない。この場所はそれほど人はやってこないが、今は城からの大舞台の設置に、何事かと町の人々が興味津々で遠巻きに見ていた。

アローラが給仕し、外の警備はジラルドが指揮を執っている。

慣れ親しんだ海のにおいに、ルチアはくつろいだ様子だ。その姿にユリウスも満足し、微笑む。

「食べ終わったら、さらに驚かせることがある」

彼は椅子の背に身体を預け、芳醇《ほうじゅん》な香りを放つ果実酒を飲んでいる。

「驚かせること……？」

ルチアはキョトンとして、美麗な顔に笑みを浮かべるユリウスを見る。

「今知りたいです」

「ルチア、君はせっかちな子だったのかい？」

「だって、そう言われたら気になって仕方なくなります」

顔をしかめるルチアに、ユリウスは声を出して笑う。

「すまない。食事を終えるのが待ちきれなくて言ってしまったよ。まずは食べて」

軟らかい焼きたてのパンを手にし、ルチアに手渡した。

それからのルチアは彼の言葉が気になって、急いで料理を口に運び、喉につっかえそうになって笑われる。

「落ち着いて。そんな君も可愛いけどね」

「ゴホッ、ゴホ……。ユリウスさまのせいですからね」

そう言って恨めしそうにユリウスを見てから、大好きな牛乳を飲んだ。

楽しい食事が終わり、ユリウスはルチアを立たせる。

「おいで」

ルチアの手を取り、海へと歩きだす。座っていると見えなかったのだが、左手のほうに小さな桟橋が作られ、そこに手漕《こ》ぎ船があった。五人も乗ればいっぱいのものだ。

そうはいっても国王が乗る船。造りや装飾は手がかかり、豪華なものになっている。

その手漕ぎ船を目にしたルチアは、ユリウスの手を離れ、それに近づくと振り返る。

「ユリウスさま？　もしかして、これに乗っていいのですか？」

手漕ぎ船を見る彼女の顔は輝き、いてもたってもいられない様子だ。

「ああ。少しだけ海に出よう」

「はい！　ユリウスさまっ、早く行きましょう！」

満面の笑みを浮かべたルチアはユリウスの元に戻ってきて、彼の手を掴むと、手漕ぎ船に向かって走りだす。

手漕ぎ船のすぐ近くに、近衛兵がふたり立っている。楽しそうなふたりに近衛兵らは深く頭を下げたのち、ユリウスがルチアに手を貸して乗船するのを見守る。

「どうしよう。ワクワクするわ」

ルチアは真ん中より少し後ろのビロードの布が貼られた座席に腰を下ろし、さっそく手を海の中へ入れた。

ユリウスも彼女の隣に落ち着くと、近衛兵ふたりが乗り込み、背を向けて座った。

彼らが船を漕ぐ。波のない穏やかな海へ、手漕ぎ船が静かに動きだす。

「やはり君は海にいると、表情が生き生きする」

「ユリウスさま、ありがとうございます！　最高の気分です」

湾の中をゆっくりと手漕ぎ船は進み、陸地にいるアローラやジラルドの表情が見えなくなる。

そこでルチアは、遠くから自分たちを見ている町の人々を目にする。

「ユリウスさま、あの人たちは……？」

「わたしたちのことが気になって見に来たんだろう」

「あんなにたくさん……」

首を伸ばして見ているようなたくさんの町人たちに、今まで気づかなかったルチアは、急に萎縮《いしゅく》した気持ちになってしまった。

「今日で君の顔は彼らに知られてしまったから、護衛なしに外へ出ることはしないように」

「えっ……？　謹慎は解けたのですか？」

「ああ。愛している君を悲しませたくない。いいね？　城が窮屈で外に出たいときは、必ずわたしに言ってほしい」

ユリウスは嬉しそうに向けられる瞳が可愛くて、頬に唇を寄せた。

楽しい時間はあっという間に過ぎて、もう城へ戻らなくてはならない。ルチアには時間がたっぷりあるが、政務が山積みのユリウスはいつまでも遊んではいられない。

ルチアは名残惜しい気持ちを胸に、ユリウスと共に馬車に乗って城へ戻った。

部屋に戻り、あとから入ってきたアローラに振り返ると口を開く。

「アローラさん、ありがとうございます。とても楽しかったです」

「わたしはなにもしておりません。陛下がルチアさんを楽しませたくてお考えになったことですわ」

仲睦《むつ》まじいふたりを思い出し、アローラはそっと微笑む。

「お夕食もご一緒に、とのことでしたので、少し休んだほうがいいですよ」

海で元気をもらったルチアはまったく疲れていないのだが、アローラにベッドまで連れていかれる。

「ご入浴の用意もしなければ。では、ルチアさんはお休みください」

アローラは忙しそうに部屋を出ていった。

「ルチア、愛している」

今、ルチアはユリウスの胸に頬を当て、抱きしめられていた。夕食を共にして、中庭を散歩し、部屋に戻るはずがユリウスの私室にいた。

「ユリウスさま……わたし……お部屋へ……」

いつもと違うユリウスの熱のこもった瞳に、彼から離れようとする。だがユリウスはルチアを離さず、長い指で彼女の唇に触れる。それからそっと口づけた。

「んっ……」

ピンク色の唇が熱い唇に啄まれ、重ね合わされる。

「心配はいらない。正式に王妃になるまで純潔は守る」

「ユリウスさま……」

ルチアもずっと抱きしめていてほしいと思った。ユリウスにキスをされると、ふわふわと宙を浮くような気分になり、それから身体の奥が甘く痺れてくる。エラのことを考えると、自分は姫でなくてもいいと思うのだが、ユリウスには自分だけ愛してほしいとも強く思ってしまう。そんな自分に戸惑いながら、城で生活をしていた。

「生涯、わたしにはルチアだけだ。愛している、ルチア。わたしの姫」

「わたしも愛していいます……ユリウスさま」

愛の告白をするルチアは、恥ずかしくて頬が赤い。

「『ユーリ』と呼んでくれないか？　幼い頃、君は『ユリウス』が言いづらくて、可愛らしい声でユーリと呼んでくれていたんだ」

「ユーリ……」

ルチアから吐息のような声が漏れると、ユリウスは再び唇を重ねて塞いだ。

震える上唇や下唇を啄み、舌をルチアの口腔内へ忍ばせる。そこを探究するユリウスの舌。

ルチアの身体に力が入らなくなり、ユリウスにしがみつく。ルチアはたくましい腕に抱き上げられた。

「きゃっ、ま、守るって……」

先ほどユリウスが言った『純潔』という言葉自体、なんのことか意味がわからないルチアだが、抱き上げられて驚きの声を上げた。

見つめ合いながら、彼女のベッドの二倍はありそうな大きな天蓋付きのシーツの上に静かに下ろされる。

「もちろん。言ったことは撤回しない。だが、君を抱きしめて眠りたい」

ユリウスはそう言いながらも、口元に美しい笑みを浮かべながら、男らしく長い指でルチアの胸のリボンを外していく。

「ユリウスさま、わたし」

彼には過去にもっと薄着のところを見られていたが、瞳を見ながらゆっくり脱がされると、恥ずかしくて両手で顔を隠したくなる。

「ルチア、『ユーリ』だ」

宝石のようなエメラルドグリーンの瞳に、ルチアが映っている。

ユリウスはルチアしか見ていない。今後も、死がふたりを分かつときまで、愛《いと》おしい彼女しか見ない。そうルチアに語りかけているようだった。

「愛している」

ユリウスは、はっきり愛の言葉を告げると、ルチアの首筋に唇を落とした。

「ユーリ……」

コルセットに包まれた右胸まで唇をずらしていく。そこで膨らみの上のほうに、親指の爪ほどの大きさの、ピンク色のバラの花びらのような痣《あざ》が目に入る。

「ルチア、これは……?」

「あ……生まれたときからの痣みたいで……」

痣のことをすっかり忘れていたルチアは、ユリウスの食い入るような視線に戸惑う。

みっともない痣が恥ずかしくて、ドレスのリボンを結ぼうとした。

「ルチア、待って」

ユリウスは戸惑う彼女の手を掴み、止める。

「身体に痣があるなんて……ずっと嫌だったの。すっかり忘れていたけれど……」

恥ずかしくて、ルチアは顔を上げられない。

「そんなに卑下することはない。美しい形じゃないか。それに、なにか思い出しそうなんだ」

「なにかを……？」

真剣なまなざしで、右胸の膨らみの痣を見つめているユリウスだ。

「ルチア、考えたいことができた。残念だが部屋まで送ろう」

ユリウスはピンク色の痣を目に焼きつけるように見てから、自らルチアのドレスの前リボンを結んだ。


ユリウスはルチアを部屋に送り届け、執務室に向かった。すでに真夜中で静まり返る大理石の廊下に、カツカツとユリウスの足音が響く。ところどころに立つ近衛兵の見張りが、ユリウスの姿に驚きながらも敬礼をして、通り過ぎるのを見守る。

執務室に入ると椅子に腰を下ろし、目を閉じてルチアの胸の小さな痣を考える。

(思い出しそうなのに……)

それから記憶を引き出そうと目を開けると、立ち上がった。


考え込みながら執務室を行ったり来たりしていると、三時間が過ぎていた。

「わたしはなにを思い出したいんだ……?」

ルチアの胸の痣を見たとき、懐かしさがあった。

ふと、窓の横の壁にかけられた自分の肖像画が目に入る。そこで八歳の頃の記憶が、うっすらとユリウスの脳裏によみがえり始める。

王弟一家が海で亡くなる前、それがいつだったかは覚えていないが、王弟妃とエレオノーラが中庭で肖像画を描いてもらっていた。ユリウスはふたりを描く、ひげをたくわえた年配の男性の横でエレオノーラを見守っていた。

『王子さま、あと少しで姫さまと遊べますよ』

絵描きの男性はユリウスに真面目な顔をして言った。

エレオノーラを見れば、飽きた様子で繋いだ母君の手をぶらぶらさせている。

『最後にこの色で、ここに……何事も忠実にですよ。王子さま』

エレオノーラのドレスから覗く胸元に、男性はピンク色で花びらを描いた。

『姫さまの胸元は実に可愛らしい』

そこまで思い出したユリウスは、瞬《まばた》きを数回繰り返す。

「そうだ……今までどうしてこんな大事なことを思い出さなかったんだ！　エレオノーラの……あの絵は……宝物庫に？」

絵が見つかれば、ルチアはエレオノーラだと証明される。

「絶対に見つかる」

ユリウスはひと筋の光を見いだした。


早朝、ルチアはユリウスのキスで目を覚ました。彼は水色のドレスシャツとグレーのズボン姿で、ベッドの端に座っている。

「おはよう。ルチア」

ほとんど寝ていないのだが、スッキリとした爽やかな笑みのユリウスだ。ルチアは寝顔を見られていたことを知り、掛け布団で顔を隠す。

「お……はようございます……ユリウスさま」

「昨晩はユーリと呼んでくれたのに、もう戻っている」

「どうしてお部屋に……?」

早朝にユリウスが姿を見せるのは、初めてのことだ。

「眠り姫の顔を見たかったんだ。寝顔も美しい」

「ユリウスさまっ」

朝からの甘い言葉にルチアはタジタジで、顔が真っ赤になる。

ユリウスは楽しげに笑い、彼女の鼻にキスを落としてから唇へと移る。啄むようなキスをしてから離れた。

「君はエレオノーラだ。間違いない。あとでその証拠を見つけ出す」

「証拠……?」

そんなものがあるのだろうかと、ルチアは小首を傾げた。

「君がわたしの妻になるのもすぐだよ」

今度は唇に先ほどよりもっと甘くキスをされ、幸せで満ち足りた気分になった。

朝食を食べ終えたルチアは、ユリウスの言う『証拠』が気になりながら、部屋で本を読んでいた。

そこへエラが血相を変えてやってきた。

「ルチア！　アマンダおばあちゃんが大変よ！」

「えっ⁉　おばあちゃんがどうしたのっ⁉」

彼女はルチアの前まで来ると、胸に手を当てて呼吸を整えてから口を開く。

「わたしの養父母の屋敷におばあちゃんが乗り込んで、死んでやるとか騒いでいるらしいの」

「そんなっ⁉　おばあちゃんが死ぬなんて！」

驚いた拍子に、手から床に本が落ちる。

「ジョシュが知らせに来たの。ルチアじゃないと、アマンダおばあちゃんは言うことを聞かないわ。どうしたらいいの？」

エラは困ったようにルチアの前を行ったり来たりする。

「……おばあちゃん。……エラ、わたしが行くわ」

「でも、ルチアは部屋から出られないんじゃ……？」

エラは、はたと立ち止まり、心配そうな瞳をルチアに向ける。

「……おばあちゃんに会わなきゃ。すぐに戻ってくれば……」

ルチアの脳裏にユリウスの顔が思い浮かんだが、今は謁見中で多忙な彼の邪魔はできないと、小さく頭を左右に振る。アローラもそばにいなかった。

「それがいいわ。ユリウスさまはルチアのことになると、心配で仕方ないらしいもの」

エラは大きく頷いた。

「実はジョシュは裏門で待っているの。馬車を用意したから、ジョシュと一緒に行って！」

「エラ、ありがとう！」

ルチアはエラの案内で裏門へ向かう。

『城が窮屈で外に出たいときは、必ずわたしに言ってほしい』

駆けながら、昨日ユリウスに言われた言葉を思い出していたが、そうこうしているうちにアマンダが死んでしまうと考えたら、一刻も早く行くしかなかった。


「ルチア！」

裏門に待機していた二頭立ての馬車の横で、ジョシュが待っていた。

「ジョシュ！　おじさんの家へ連れていって！　エラ、すぐに戻るから！　ユリウスさまに聞かれたらそう言ってね」

エラに念を押してから、ルチアはドレスを持ち上げて馬車へ乗り込む。ジョシュもルチアの横に座ると扉が閉まり、馬車は走りだした。

その頃、最後の領主との謁見が終わったユリウスは、ジラルドとアローラと共に西棟の地下にある宝物庫に来ていた。今日の謁見は五人ほどで、予定どおりの時間に終わった。

謁見の間、ユリウスは顔には表さなかったが、とても気が急いていた。一刻も早く宝物庫へ真実を確かめに来たかった。早々に見つかれば、昼食のときに朗報を知らせることができる。

代々受け継がれてきた宝物庫は、常に五人の近衛兵が警備をしている。そこへ連れてこられたふたりは意味がわからず、国王の言葉を待った。

「ルチアこそエレオノーラだ。間違いないが、確たる証拠を見つけ出さなければならない」

「その自信はどこからくるのですか？」

ジラルドはユリウスを見てから、数年ぶりの宝物庫に視線を移す。数えきれないほどの金や宝石の装飾品などが、ガラスケースに保管されている。そこに、嵐の夜にルチアがアマンダから渡されたサファイアのペンダントもあった。

ユリウスはいかにも自信ありげに笑う。

「王弟妃とエレオノーラを描いた肖像画がどこかにあるはずだ」

「肖像画ですか？　それが証拠になるのですか？」

「ああ。わたしの記憶どおりであれば、ルチアがエレオノーラだという証拠になる」

力強く、ふたりに向かって頷いた。

数多くの肖像画がある奥へと三人は進む。アローラはあくまでもふたりの会話に口を挟まず控えているが、肖像画の部屋ではあまりの数の多さに口を開いた。

「とてもたくさんありますね」

「ああ。以前はお抱え絵師が数人いて、頻繁に描いてもらう習慣があったからな」

王弟一家の海難事故が起こってから、描かれなくなっていた。ユリウスはこの件が落着したら、自分たちを描いてもらおうと心の中で思った。

「探すのは王弟妃とエレオノーラ、ふたりが手を繋いだ絵だ」

ジラルドとアローラは、重なるように立てかけられた肖像画たちの前に立つ。ユリウスがそこまで具体的に指示をするのだから、確信があってのことなのだろうと、ふたりは肖像画を一枚一枚確認し始めた。

三人で百枚ほど見たのち、アローラが声を上げた。

「陛下！　こちらでしょうか!?」

自分の上半身ほどもある大きな肖像画を慎重に持って、ユリウスに見せる。

「そうだ！　これだ！」

アローラの横に立ったユリウスは、それを食い入るように見つめる。肖像画はユリウスの記憶どおり、立ち姿の母親である王弟妃と、手を繋ぐエレオノーラが鮮明に描かれている。

五歳の頃のエレオノーラの白いドレスの胸元からは、ピンク色の花びらの形が覗いていた。

「これは……」

アローラが肖像画を見て、唖然としている。

「アローラ、どうしたんですか？」

ジラルドは彼女に聞く。

「ルチアさんの胸にも、ピンク色のバラの花びらのような痣があります！　ルチアさん……いいえ、ルチアさまはエレオノーラさまですわ！」

いつも冷静なアローラが顔を紅潮させている。

「肖像画が見つかってよかった。幼い頃のエレオノーラとルチアは類似するところがたくさんあったが、決定的なものが必要だった。これでルチアはわたしの妃だ」

「ユリウスさま、おめでとうございます！」

「陛下、祝福申し上げます！」

ふたりの言葉に、ユリウスは満足げに頷く。

「ジラルド、大事な肖像画だ。しっかり保管しておいてくれ」

「御意」

「陛下、一刻も早くルチアさまにお知らせしなければいけませんわ」

「そうしよう」

ジラルドが肖像画を持ち、三人は宝物庫をあとにした。ユリウスとアローラは、まっすぐルチアの部屋へ向かう。

「ルチア！」

笑顔のユリウスは扉を開けてルチアを呼ぶ。だが、部屋に姿が見当たらない。あとから入ってきたアローラも、主が不在の部屋に首を傾げる。

「ルチアさま？　どこへ……。陛下、中庭へ出られているのかもしれませんわ。行って参ります」

アローラはドレスの裾をひるがえし、部屋を出ていった。

そのあとしばらく経ったが、ルチアはどこを探してもいなかった。

「いったいどこへ行ったんだ!?」

ユリウスは執務室でルチアの情報を待っていた。嫌な予感に襲われ、じっとしていられず、窓の外を何度も見たり、部屋の中をウロウロと歩き回ったりしている。

落ち着いていられないユリウスは、剣を手にすると執務室の扉に手をかけた。廊下へ出たところで、ジラルドと近衛兵数人が彼の元へ駆けてきた。

「ユリウスさま、ルチアさまは裏城門から、男と一緒に馬車に乗ったそうです」

「なんだって!? 自分から？」

信じられずにユリウスの顔が歪む。

「門番によれば、そのようでした。男は風貌からいって、島のあの若い男のようです」

「どういうことなんだ……？　とにかくその馬車を見つけろ。わたしは町へ出る！」

近衛隊長である男に命令すると、彼らは走り去っていく。

ひとりで出かけないよう話をしたばかりなのに、島の男と出かけたルチアに、ユリウスは違和感を覚えていた。

ジラルドを従え、城の中央口へ向かう。万が一のことを考え、ルチアを探しに出ることもあるかと待機させていた愛馬に飛び乗った。

ユリウスとジラルドをそれぞれ乗せた馬は城の敷地を走り抜け、正門へ到着した。

そこでユリウスが目にしたのは、ルチアと馬車に乗ったと聞いていたはずのジョシュだった。正門を守る衛兵らに、彼はなにかを叫んでいる。

ユリウスが馬から降り、足早に近づくと、国王に気づいた衛兵たちが敬礼した。

「陛下！ ルチアが大変なんです！」

ジョシュはふらふらになりながら、地面に両膝をつく。

「なんだと⁉ なにが大変なんだ⁉」

ユリウスはジョシュに近づき、胸倉を掴む。ジョシュをよく見れば、頭から流れ出た血が頬を伝わっていた。

「なにがあった⁉」

ルチアの身になにか起こったのかと思うと、ユリウスの心臓がドクドクと波打ち、暴れ始める。

「エラに養父母の屋敷へルチアを連れていくように言われ、港を通ったとき、何者かが馬車に乗り込んできて襲われたんです！」

「エラに言われた⁉」

ユリウスの眉根がぎゅっと寄る。

「はい！　エラの使いの者が俺のところへ来て、ばあちゃんが大変なことになっているから、ルチアを急いで養父母の屋敷に連れていってほしいと頼まれたんです」

頭の傷がズキズキと痛み、話しながらジョシュの顔が歪む。

「陛下！　ルチアを守れず……すみません！」

ジョシュは額が地面につくまで頭を強く下げた。

「ユリウスさま、戻ってエラから話を聞きましょう。なにか裏があるように思えます」

「ジラルド、大広間でその者の怪我の手当てをし、詳しい状況を聞き出せ。わたしがエラに会う！」

ユリウスは愛馬に飛び乗ると、城へと再び走らせた。


「エラ！　エラはいないか⁉」

ユリウスはエラの部屋の扉を乱暴に叩く。侍女が慌てて中から開けた。

「陛下⁉」

若い侍女は突然のユリウスの訪問に驚き、慌てて膝を折る。

「エラはどこにいる⁉」

ユリウスのただならぬ様子に、侍女は顔を引きつらせながら大きく首を横に振る。

「す、数時間前から見当たらないのです」

「なんだって！」

エラがいないことで国王の逆鱗《げきりん》に触れている、と若い侍女は泣きそうだった。

「エラはなにか言っていなかったか？」

「い、いいえ、なにも聞いておりません……」

ユリウスは大きなため息をつき、エラの部屋を出た。


「ユリウスさま！」

大広間の入口に姿を見せたユリウスの元に、ジラルドが足早にやってくる。

「エラさんはいかがでしたか？」

「部屋にいなかった。どこにいるのかわからない。そちらはなにかわかったか？」

大広間には近衛隊長もいた。

「はい。確信はありませんが、ラーヴァの港から正午前にカタリナ号が出航したと」

「出航の許可は出していない。いったい誰が……？」

ユリウスはジラルドからジョシュに視線を移す。頭に包帯を巻いたジョシュは、膝を抱えて考え込んでいる様子だ。

「もしかしたら⁉」

そう言って突然ジョシュが立ち上がった。乱暴に立ったせいで、頭の傷が大きくズキンと痛む。

「陛下！　頭を棒で殴られ、意識をなくすとき、何者かに命令している声がどこかで聞いたことのある声だったんです」

「それは誰だ⁉」

ジラルドはジョシュに詰め寄る。

「それが……」

そこまではわからないようで、ジョシュの視線が伏せられる。

「ジラルド、わかってきた。この男が聞き覚えがある声の持ち主で、カタリナ号を出航させられる者が」

「……ああっ！　バレージですね！　そういえばアローラが、夜会でバレージがルチアさまに気がかりな言葉を言っていたと」

「気がかりな言葉？」

ユリウスの声色がさらに低く、鋭くなる。

「はい。町で暮らしたくなったら俺のところへ来い、と。ルチアさまに気があるようだとアローラは言っていました。ただ、いったい船でどこへ……」

「海は広い……あてもなく探し回れば燃料がなくなってしまう……」

ユリウスとジラルドが頭を悩ませていると、さらになにかを思い出したようなジョシュが口を開いた。

「実は、海で沈んだ船を探していたときに、大きななにかの塊を見たんです。岩のようでしたが、考えてみたら船のようにも思えました。あのときは息が続かず、そのあと捜索が打ち切りになって。それをエラに話したことがあるんです」

ジョシュはもしかしたら、バレージはそこに向かったのかもしれないと思った。

「ルチアを潜らせたいのでは……」

最初にその塊を見つけたのはルチアだ。

「財宝を持って、敵対国に行くつもりなのかもしれない」

ユリウスとジラルドの頭の中で、すべての符号が一致した。

「最近、採掘所に間者が出たりと、不穏な動きがありましたね。エラさんとバレージは繋がっていたのかもしれません」

「ああ。ジラルド、すぐにカタリナ号を追う。わたしの船ならばカタリナ号より速い」

腰に差した剣の柄《え》を掴んでいたユリウスの手に、力が入る。

「すぐに出航の準備をいたします！」

ジラルドのあとに続き、近衛隊長とその部下たちが慌ただしく大広間を出ていく。

「お前も船に乗り、その場所に案内しろ」

「もちろんでございます！　ルチアを助ける手伝いをさせてください！」

ユリウスの命令に、ジョシュは大きく頭を下げた。


その頃、ルチアはユリウスの読みどおり、カタリナ号にいた。彼女の身体にはロープが巻きつけられ、ベッドの上で気を失っていた。

「ん……」

自分の身体が揺れている。そんな感覚に、次第に意識が浮上したルチアは目を開けた。次の瞬間、ロープで縛られていることに気づき、上半身を起こそうともがくように足をバタつかせる。

「バレージ子爵!?　どうして……」

じっと見つめているバレージに気づき、小さな悲鳴を上げる。

馬車の中に男が乗り込んできて、口を布で塞がれた瞬間、意識を手放したところから記憶がなかった。

「ジョシュはどこっ⁉」

ルチアの目の前で、ジョシュが男に木の棒で頭を殴られたのを思い出す。

バレージは無言でベッドの上のルチアに近づく。彼女の顔に恐怖が浮かぶ。

「来ないで！」

「今はお前を襲わない。それどころじゃないしな。安全なところへ行ったあとでお前を俺のものにする」

「な、なにを言ってるのっ⁉　わたしはあなたのものになんかならない！」

手を伸ばしてきたバレージに、いとも簡単にベッドの上で転がされ、彼に背を向ける格好になる。バレージはロープの結び目に手をかけた。

「いくらなんでもここは船の上だ。逃げられないだろう」

ロープが外され、ルチアは自由になった。

身体を起こし、ここから逃れようと扉に走って廊下に出る。邪魔なドレスのスカート部分を持ってさらに走った。

甲板に出た途端、強風でドレスが煽《あお》られ、身体がふらつく。

「きゃっ！」

船は結構な速度で海原を進んでいた。

（これでは逃げられない……）

辺りに島でも見えれば海に飛び込んで逃げることも可能だが、まったく影すらない。

（どこを進んでいるの……？）

なにか逃げる手立てはないかと考えていると、バレージがゆったりとした足取りでやってきた。

「お願い！　引き返して‼　おばあちゃんが死んじゃう」

「それはお前を城から出すための嘘だ。お前の祖母は島へ戻っている」

「なんですって⁉　エラに嘘をつかせたの？」

「嘘をつかせたのではなく、あの娘が進んで計画したことだ。ユリウス国王と結婚するにはお前が邪魔だからな。しかしあの娘の考えは浅はかだ。お前を陥れた娘と国王が結婚するわけがないのにな」

バレージは皮肉めいた笑みを浮かべる。

あまりの強風でルチアの淡いブロンドがバサバサと乱れるが、それすらもバレージには美しく思えた。

「エラが……」

ルチアは愕然として、その場に座り込んだ。

「部屋へ戻れ。ここにいても仕方ない」

「わたしをいったいどうするの？」

バレージに腕を掴まれ、立たされると、顔を上げて彼を睨みつける。

「この船で敵対国へ行き、そこでお前は俺と暮らす」

「絶対に嫌よ！　ラーヴァの港に引き返して！」

乱暴にバレージの腕を振りほどこうとするが、屈強な体躯《たいく》の男に敵うわけがなく、息を荒くして疲れるだけだった。

「お前にやってもらいたいことがある」

「わたしにやってもらいたいこと？」

「以前、お前が潜り、島の男に確かめさせた塊があるだろう?　どうやらあれが沈んだ船のようだ」

バレージは楽しげに口角を上げる。

「あのとき、ジョシュは岩だったって言ったわ！」

「いや、エラの話だと、男は確信がある口ぶりだったと。皮肉にもお前は自分で、両親が亡くなった悲劇の船を見つけたようだな」

「わたしの両親じゃないわ。まだ決まっていない」

ルチアはバレージに連れられ、先ほどの部屋に向かって歩かされる。

「お前が姫じゃなくても問題ない。むしろそうでないほうが俺には都合がいい。姫でなければ、国王にはお前を縛る理由がない」

「ユリウスに縛られているんじゃない。わたしが愛しているの。姫じゃなくても、ユリウスのそばにいたい。王妃じゃなくてもいいもの！」

「バカな女だな。他の女との幸せな場面を一生見せつけられるんだぞ？　ちやほやしてもらえるのも今だけだ」

バレージが鼻で笑ったとき、先ほどの部屋の前に着き、ルチアは背中を押されて中へ進まされた。

「この船には俺の部下が大勢乗っている。逃げられないからな。昼食を用意させている。それまでここにいろ」

それだけ言い、彼は部屋を出ていった。扉が閉まるとルチアは力なくベッドに座り、両手で顔を覆う。

「どうしよう……あのとき、ユリウスさまに言っておけば……エラが嘘をついたなんて。ジョシュの怪我は……？」

エラの嘘に傷つき、悲しみが押し寄せてくる。馬車で気を失う前、ジョシュは男たちに棒で頭を殴られた。無事なのか心配だ。

「エラはユリウスさまが好きだから、こんなことを……」

涙が溢れ出てきたが、手の甲で乱暴に拭く。

「泣いてなんていられない。どうにかして島を見つけて、そこまで泳いで逃げなきゃ」

床に足をつけ、なにか役立ちそうなものを探そうと引き出しを開けていく。そのひとつの中に、きちんと畳まれた男物の白シャツと濃紺のズボンが入っていた。

「これは誰のもの……？」

手に取って思い出す。

「これは島に来た近衛隊が着ていた服だわ」

ルチアは自分の姿を見下ろす。何枚も重なったドレスを着ていては、俊敏に動けない。近衛隊の服はかなり大きそうだが、なんとか着られなくもない。この服のほうがドレスよりはるかに動きやすい。

急いでドレスを脱ぎ、白シャツと濃紺のズボンに着替えた。緩いウエストはドレスのリボンで結び、白シャツは裾を前で結ぶ。かなりぶかぶかではあるが、ドレスよりは、はるかにいい。

「うん。動きやすい」

そのとき、船が大きく揺れてベッドのほうへ投げ出された。

「きゃっ！」

揺れは一回だけ。それから間もなく、廊下を走る慌ただしい足音が聞こえてきた。

「なにかあったの……？　あんなに大きく揺れたんだから、座礁……？　でもさっきは、そんな原因になるようなものはありそうもなかった」

理由を知ろうとすぐに起き上がり、扉へ向かう。取っ手に手をかけたとき、外側から開かれ、バレージが入ってきた。血相を変えた顔つきで、目が吊り上がっている。

「来い！」

ルチアが着替えた姿を見てもなにも言わず、バレージは彼女の手首を掴むと、廊下を強引に歩く。

「さっきの揺れはなに？」

先ほどとは違って余裕のないバレージに、やはりなにかあったのかと広い背中を見ながら小走りでついていく。

そしてまた大きく船体が揺れて、ルチアとバレージは壁に身体を打ちつけた。

「くそう……」

「いったいどうしたの⁉」

ルチアはヨロヨロと立ち上がり、壁に打った肩を擦《さす》る。そのとき、壁がミシッと音をたてて壁材が割れた。怒ったバレージが拳をぶつけたせいだ。

「お前の愛おしい国王がやってきたんだ。くそっ！　こんなに早く追いつかれるとは思わなかった！」

「ユリウスさまがっ⁉」

「来い！　お前が人質ならば手を出せないだろう」

眉間に皺を寄せた険しい顔のバレージは、ルチアの手首を強く引っ張る。

「そんなっ！　海の上で逃げられない！　わたしを解放すれば罪は軽く済むわ！」

「お前を誘拐しておいて罪が軽いだと？　国王は決して許さないだろう」

バレージはルチアを誘拐しただけではなく、すでに敵国に鉱山の情報を流し、寝返ってもいる。

「わたしは国王を殺して、お前と暮らす」

「なんてことをっ⁉　そんなことやめて！」

ルチアはバレージに引っ張られながら階段を上がり、甲板に出た。彼女の目に剣を持ったユリウスが映る。

少し前に、ルチアが囚《とら》われていると思われるカタリナ号を追って、ユリウスの帆船は速度を上げ、大海原を航行した。

ジラルドから、バレージがルチアに気があるようだと聞き、彼女の身を懸念して自分の身体を休めるどころではなかった。カタリナ号を追って二時間半が経とうとしたとき、マストの上で海を監視していた近衛兵から発見したと報告が入ったのだ。

国王専用帆船は速度をさらに上げて、カタリナ号に近づいた。

カタリナ号の船体ギリギリに帆船をつけようとしたとき、かすめるようにしてぶつかり、ふたつの船体が衝撃で大きく揺れた。

甲板にいたユリウスはなんとか倒れず、右手に剣を持ちながら、カタリナ号の側面の階段に飛び移ったのだった。

ユリウスは怒りに燃えた目をバレージに向けている。凄《すさ》まじい迫力に満ちた顔をルチアは初めて見た。

「ルチア！　怪我はないか⁉」

「ユリウスさまっ！」

少しでも近づきたくて、ユリウスのほうへ行こうとするルチアの身体が、バレージにぐぐっと引き戻される。

「放して！」

ルチアとユリウスは手を伸ばしても届かない距離だ。ユリウスはカタリナ号のほぼ先端におり、バレージがルチアを拘束して立っているのは船の真ん中で、かなり遠い。

「見たところ、偉大なる軍神はひとりで乗り込んできたようだな」

ユリウスの左右をズラリと取り囲むようにしているのはバレージの部下たち。ユリウスひとりに対し大勢では、分が悪い。

「ユリウスさま！　船に戻って！」

「バレージ！　ルチアを放せ！」

今のユリウスは今朝見たドレスシャツに黒のズボンで、膝下までのブーツを履き、シルバーブロンドの髪を後ろでひとつに緩く結んでいる。ルチアに向ける瞳は危惧の色を映しており、優しく見えたが、すぐに視線を移してバレージを睨みつける。

怒りに燃えた目は、まさに軍神さながらの気迫でバレージに向いていた。

「国王、城に戻るんだな。娘が死んでもいいのか？」

バレージは鞘《さや》から剣を抜いて、ルチアの首に近づける。

「バレージ！　卑怯《ひきょう》な真似はやめてわたしと戦え！」

ユリウスは怒気を含んだ声色でバレージに剣を向ける。

「それは無理というもの。卑怯な真似をしなければ、軍神には勝てないからな。この娘の命が惜しければ剣を置け」

「ユリウスさま！　それはダメです！　わたしを気にせずに戦ってください！」

ルチアは叫ぶが、バレージの剣がルチアの首に当たるのを見て、ユリウスは剣を無機質な甲板の上に置こうとしている。

「ダメっ！」

「娘、愛おしい者が傷つけられるのを、目を逸らさず見ていろ。ユリウス国王、少しでも動いたら、この娘に突きつけている剣も動かすぞ」

ルチアにそう言い、鼻で笑ったバレージは、ブーツにつけていた短刀をユリウスめがけて投げた。

「きゃーっ！」

飛んでいく短刀に、ルチアは悲鳴を上げる。

その刹那、バレージが投げた短刀がユリウスの腹部に刺さった。避けずに短刀を受け止めたのは、ルチアの身を守るためだ。

「うっ！」

「ユリウスさまっ！　ユーリ！」

愛する人の元へ行きたいのに、バレージの手が外されるわけもなく、ルチアは悲痛な叫び声を上げた。

「ユリウスさま!」

「陛下っ!」

そのとき、ジラルドとジョシュが甲板に乗り込んできた。ユリウスの腹部に刺さる短刀に、ジラルドの顔が引きつる。

「お前たちは船に戻れ!」

ユリウスは短刀を抜き、ふたりに命令する。腹部から血が流れ、水色のドレスシャツがみるみるうちに赤く染まっていく。

「ユリウスさま、一旦船に戻りましょう!」

ジラルドはユリウスの怪我が心配で進言する。

「ルチアを助けるまでは船に戻らない!」

痛みで額から汗が噴き出してきたユリウスだが、ジラルドの手を払う。

「ユーリ! 船に戻って!」

ルチアはユリウスの怪我が心配でならない。そんなルチアに怒りを覚えたバレージは、剣を下ろし、彼女を引き寄せると無理に唇を重ねた。

「んーっ！」

「くそっ！　バレージ！　貴様を殺してやる‼」

ルチアはバレージの腕の中で暴れた。彼はキスをやめると、ユリウスに向かって不敵な笑みを浮かべた。

「三人を始末しろ！」

バレージが部下に命令する。ユリウスたちを囲むようにしていた部下のひとりが、ジラルドめがけて剣を振り上げた。ジラルドは剣でその部下をはじき、切りつけた。

「うわーっ！」

切られた男はヨロヨロとよろけ、手すりを超えて海へ落下する。その男をジョシュが見ていると、突然海面から海中へと消えた。そのあとに鮮血が海を汚す。

「ここはもしかして⁉　陛下！　この海域は危険です！」

ジョシュの声はルチアにも聞こえていた。

（危険な海域……）

それはルチアとジョシュの両親が、人食いザメに殺された場所だった。

「危険な海域とはなんだ？」

バレージが眉根を寄せながら、ルチアに問う。

「……この海域は人食いザメがいるの。海に落ちたら、サメに食べられてしまう」

「ほう……いいことを聞いた」

彼はニヤリと口角を上げた。

「国王！ 軍神と呼ばれる国王ならサメにも勝てるだろう。サメとの戦いに勝ったら娘を手放そう」

「なにを言ってるの⁉ やめて！ 卑怯だわっ！」

バレージを睨みつけ、大きく首を横に振ったルチアは、次の瞬間に頬を強く叩かれた。そのまま人形のように甲板に倒れる。

「バレージ！ やめろ！ ルチアに触れるな！」

ユリウスの言葉をバレージは鼻で笑い、ルチアの腕を引っ張って身体を起こさせると、さらに反対側の頬を叩いた。

「ううっ……」

ルチアは歯を食いしばって、バレージを睨みつける。

「さあ、国王。早く飛び込め。さもないと、お前の愛おしい姫にもっと傷がつくことになるぞ」

そう言って、バレージが不敵な笑みを浮かべる。

「ルチアを手放す約束、絶対だな？」

ユリウスはバレージに静かに問いかける。これ以上ルチアがひどい目に遭うのを見ていられなかった。

「ユリウスさま、やめてください！ バレージの言いなりになる必要はありません！」

ジラルドが必死に止める。

「そうです！ 海へ入ったらやつらの餌食《えじき》になります！ 出血もしているんですよ！」

ジョシュも懸命に止めようとする。

（ユリウスさまは本気……海に入ったら……）

そのシーンを思い浮かべてしまうと、ルチアの心臓が鷲掴《わしづか》みにされたように痛んだ。

「ユリウスさまは、いなくてはならない人です！」

ルチアは自分の手を掴んでいたバレージの手を噛んだ。彼の力が緩んだ隙に、船の縁に立つ。

「ルチア！ なにをする⁉ やめるんだ！」

ユリウスにはルチアの考えていることがわかり、一歩踏み出す。

「ルチアー！ やめろ！」

ジョシュの顔も一瞬で青ざめ、叫ぶ。ジラルドも唖然としている。

脅しではなく本気のルチアの表情。バレージも手を伸ばせばルチアが海に飛び込んでしまうだろうと、動けずにいた。

「ルチア！　わたしは戦える！　そこから下りろ！」

痛む腹部を押さえて、ユリウスが話を聞き入れさせようとするも、ルチアは首を横に振って……一気に海へ飛び込んだ。その光景を見ていた誰もが、一瞬のことに愕然とする。

「ルチアー‼」

ユリウスは海に落ちたルチアの元へ飛び込もうとしたが、ジラルドに押さえられる。

「くそっ！　放せ！」

「バレージを捕まえましょう！　ルチアさまの願いです！」

ジラルドはユリウスの剣を拾って彼に渡した。その刹那、バレージの部下が大勢で三人を襲ってきた。


海に飛び込んだルチアは死を覚悟していた。深く暗い海は、泳ぎが達者な彼女でも怖い。

しかし、ユリウスのためならもはや死も恐れない。自分のせいでユリウスになにかあれば、生きていられない。彼の瞳は、ルチアのためなら自分も死を選ぶ……そんな覚悟を秘めているようだった。

そのとき、深い海の底から影がやってくるのがわかった。

(ユリウスさまっ！)

ぎゅっと目を閉じてそれを待ったが、覚悟していた痛みはなかった。

ルチアと、向かってきた人食いザメの間を、なにかが遮ったのだ。

閉じていた目を開けた。遮ったものが、ルチアの元へ戻ってきた。

(ベニート‼)

ベニートはサメから守るように、ルチアの横にぴったりくっつく。

ルチアを丸呑みできそうなほど大きいサメは、ルチアとベニートのまわりをゆっくり回っている。どこから攻めようと考えているようだ。

すぐにでも襲われるのではないかと恐怖を覚えながらも、ルチアは息が苦しくなって海面に顔を出す。

「っはぁ……」

次の瞬間、ルチアの身体が浮いた。ベニートがルチアを背に乗せたのだ。

「ベニート！　ありがとう！」

「ルチア！」

カタリナ号の甲板から、ジョシュがルチアを見つけて叫ぶ。

「ジョシュ！　わたしは生きているわ！」

ルチアは手を振った。そのとき、断末魔の叫び声のあと、甲板から大柄な男が派手な水しぶきを上げて海に落ちた。

紺碧の海に落下したのはバレージだった。ルチアから標的を変えた人食いザメは、あっという間に彼に近づき、その身体を水中に引きずり込んでいった。

それを目の当たりにしてしまったルチアは息を呑んだ。小さな叫び声が彼女から漏れたとき、緊迫したユリウスの声が上から聞こえてきた。

「ルチア！　なんということだ！　信じられない……怪我はないか⁉」

バレージが落ちた場所から、剣を手にしたユリウスが身を乗り出していた。

「ユリウスさま！　はいっ！」

「おお……神よ……」

ルチアの無事な姿に、ユリウスは胸の前で手を組んで神に感謝した。

「ベニートが助けてくれたんです！」

「すぐに迎えに行く！」

残りのバレージの部下らをジラルドと近衛隊に任せ、ユリウスはルチアの元へ走る。

カタリナ号から、乗ってきた船に飛び移り、横に設置された階段のところへ着いたとき、ルチアはその階段を駆け上がっていた。

「ルチア！」

「ユリウスさまっ！」

甲板の上でユリウスは大きく手を広げ、胸の中に飛び込んできたルチアをしっかり抱き止めた。

「君を失ったかと思った……」

「ユリウスさま……お怪我は⁉」

抱きしめる腕の中から少し離れて、ユリウスの腹部を見れば、最後に見たときより出血が広がっているように見えた。

「これくらい、たいしたことはない……」

「でも、顔色が」

ルチアはユリウスのひどい出血に泣きそうだ。

「それは君が心配させたからだ」

ユリウスは瞳を潤ませたルチアにキスをする。それから彼女を離し、その場にズルズルと座り込んだ。

「ユリウスさまっ！　ユリウスさまっ！」

甲板に力なく倒れたユリウスは、意識を失っていた。

バレージの事件後、短剣で腹部に傷を負ったユリウスは半月ほどベッドから出られず、ルチアはつきっきりで昼夜問わず看病に徹した。

常人ならひと月はかかる腹部の怪我が半月で回復したのは、強靭《きょうじん》な肉体のおかげでもあったが、彼女の献身的な看病も手伝って治りが早かったのだろうと、ドナート医師は驚いていた。

そしてユリウスは回復してすぐ、大臣たちにルチアが本物の姫だと証拠の肖像画を掲げ、彼女はエレオノーラ姫と認められた。ついにルチアは正式にユリウスの婚約者になった。

亡き王弟妃と幼いルチアの証拠となった肖像画を大広間に展示し、二ヵ月の間だけ国民が自由に見られるよう開放した。きらびやかな城の大広間へ入るチャンスを逃すまいと、ラウニオンの国民たちが遠方からも訪れ、大変な賑わいだった。

国中を挙げてのユリウスとルチアの結婚の祝賀ムードは、それから三ヵ月経った今でも続いている。

事件から現在まで六ヵ月近く経つが、王妃になるための教育で多忙になってしまったルチアは、一度も島を訪れていなかった。

そして今日、亡くなった両親への二日後に行われる結婚式の報告と、ルチアの故郷の島民の迎えのため、ふたりはようやく大海原に出航することができた。

ユリウスとルチアは、両親を乗せた船が沈んだと思われる場所に、大きな花束を投げ入れた。

「お父さま、お母さま。わたしは明後日、ユーリの妻になります」

神妙な面持ちで、ルチアは海に向かって言葉にした。これから幸せになるのだが、過去にここで亡くなった両親を思うと悲しい。

「叔父上、叔母上。ルチア……エレオノーラを永遠に愛し続けると誓います。彼女が生きていたのが奇跡です。その奇跡を大事にして、エレオノーラを幸せにします」

はっきりと誓いの言葉を口にしたユリウスは、瞳を潤ませるルチアの腰に腕を回す。

「あれから半年が経ったなんて……」

ルチアはあの事件を思い出し、小さなため息を漏らした。

事件はバレージが首謀者であり、それを手伝ったエラも罪人だ。しかし、エラは両親と共に忽然《こつぜん》と消えており、よその国へ逃げたようで見つからなかった。ルチアは温情をかけてほしいとユリウスにお願いし、他国へ逃げたエラを探させることはしなかった。

ルチアを育てたアマンダは虚偽の罪を問われず、今はジョシュと共に島で暮らしている。そして愛おしい未来の王妃のために、ユリウスは島に頑丈な家を建てさせている最中だ。いつでも遊びに行けて、ひどい嵐に見舞われたときにはそこが島民の避難所になるように、と。

ゆらゆらと海に漂う華やかな花束を見つめているふたりの元へ、ジラルドがやってきて背後に立つ。

「ユリウスさま、そろそろ島へ向かいませんと」

「そうだな、もう行かなくては。ルチア、おばあさんが首を長くして待っているよ」

「はい！　泳ぐのが待ちきれないです」

ルチアは慣れ親しんだ海が楽しみで、瞳を輝かせる。

「ルチア、君は泳ぐつもりだったのかい？」

「えっ？　ダ……メ？　ベニートと泳ぎたいなって」

これからアマンダとジョシュ、そして島のみんなを迎えに行く目的があったが、ルチアはなによりもベニートや魚たちと泳ぎたかった。

困惑する未来の王妃を見て、ユリウスはフッと笑う。

「それを禁止したら、明後日の結婚式をやめると言いかねないな」

「そ、そんなこと言いませんっ」

「たっぷり泳いでくるといい。ただし、疲れすぎないように」

ユリウスはルチアの額にキスをしてから、ピンク色の唇を啄む。

「ユーリ、ありがとう……」

「ルチア、幼い頃から君をずっと愛していた。沈没船の探索隊を出さなければ、一生君に会えなかっただろう。君に会えてわたしは幸せだ。王妃になっても今の無邪気な君でいてほしい。ただし、わたしを困らせない程度にね」

「ユーリ、最高に素敵な人！　もちろん困らせない……と誓えないかもしれないけど」

ルチアはサファイアブルーの瞳をクリッとさせて、茶目っ気たっぷりに笑う。

「君のおてんばは、きっと年を取っても直らないんだろうな」

ユリウスは潮風に吹かれるルチアの淡いブロンドのひと房を手に取って、口づける。

「理解のある国王さまで、わたし、とても幸せ」

ルチアはユリウスに腕を回し、厚い胸板に頭をくっつけた。

「愛してる。わたしの人魚姫」

ユリウスはルチアの顎をそっと持ち上げ、もう一度唇を甘く重ねた。

雲ひとつない青空の下、心地いい潮風がふたりを包み込んだ。

特別書き下ろし番外編

国を挙げたユリウスとルチアの盛大な挙式のあと、晩餐《ばんさん》会が行われた。養父母が亡くなったあとにルチアを育てたアマンダをはじめ、島の人々も招待された。

ふたりは大広間の入口から一番遠い主賓席に並んで座っており、幸せに満ちた国王と王妃は輝くように美しく、招待客からはため息が漏れるほどだった。

彼らの記念すべき日は早朝から夜遅くまでの長丁場だ。その日の早朝からルチアは、挙式のための準備をアローラや数人の侍女の手で三時間ほどかけて完璧に仕上げられた。そして城の礼拝堂で式が挙げられた。

昼食をとったのち、ルチアは再び動きやすい純白のドレスに着替えさせられた。ユリウスは挙式で身につけていた長いマントを外していた。

豪華に飾った馬車で、首都ラーヴァから隣町アルジェントまで、新しい国王夫妻のお披露目がされた。町の人々は家にいる者がいないくらい、大勢が沿道に立ち、神々しいふたりを祝福した。

予想以上の賑わいで、馬車が城へ戻ったときには日が暮れ始めていた。

ふたりはこのあとの晩餐会のために、今日一番の豪華な衣装に着替えた。

すでに外は暗くなり、大広間の大きな窓から金色に輝く満月が見える。

ルチアの晩餐会の衣装は純白だが、挙式とは違うデザイン。ふんわりと膨らんだ袖や、慎み深く喉元からデコルテラインまである繊細な模様のレース。身頃からスカート部分にかけて、腕利きの刺繍《ししゅう》職人が一ヵ月かけて銀糸で大小さまざまな花をあしらったドレスは、最高に美しい仕上がりだ。

ユリウスの衣装はルチアのものと対のようで、純白の生地に金糸が織り込まれたシンプルなものだが、肩章や胸につけたエンブレムなどのおかげで華やかさがある。シルバーブロンドの髪は後ろでひとつに結ばれ、頭にはずっしりと存在感のある王冠がのせられていた。

豪華な衣装をまとったルチアは気品があり、王妃に相応しいと、この場にいる者すべてから賞賛されている。淡いブロンドは結い上げられ、放射状の宝冠をのせていた。

褒めたたえられているルチアだが、当の彼女は島にいた頃のおてんばな性格が変わることなく、まだ城の生活に馴染めていない。

今、ルチアは頭がふらつきそうになるのを必死に堪えていた。

結い上げられた淡いブロンドの頭にのる、ずっしりと重さのある素晴らしい宝冠のせいだ。

王妃の宝冠は中央に見事なブルーサファイア、そのまわりには真紅のルビーをあしらってあり、なるべく重くならないようにラウニオン国の金細工師と宝石加工職人が精魂込めて作り上げたのだが、それでもずっとつけていれば華奢な首に負担がかかる。

「コホッ」

ルチアは軽い喉の痛みに顔をしかめる。

隣に座るユリウスはすぐにルチアの咳に気づき、後ろに控えているアローラとジラルドをちらりと見やる。

アローラもルチアの小さな咳を察しており、ユリウスに頭を下げると席を外した。

ジラルドは落ち着き払った所作でユリウスの隣に立つと、国王夫妻の退出を招待客に告げる。

「これより国王夫妻は退出されます」

「えっ？」

食事はほぼ終わっていたが、まだアマンダやジョシュと話をしておらず、ルチアはユリウスを見る。

「どうした？」

ユリウスは椅子から立ち上がり、ルチアに手を差し出す。

「もう戻るの……？　まだみなさんがいるのに……」

ユリウスの手を取って腰を上げたルチアに、控えていた侍女が、すぐさまドレスの長いスカート部分を整える。

「もう充分だよ。早くふたりきりになろう」

侍女やジラルドもいるのに『ふたりきりになろう』と言われ、ルチアの頬がピンク色に染まる。

ユリウスのエスコートの下、ふたりはゆっくりと出口に向かう。席に着いていた招待客たちは立ち上がり、頭を下げる。

ルチアはアマンダを目で探していた。席にいるときには、千人近い招待客で探せなかった。

（おそらく末席にいるはず……）

「ルチア、おばあさんには明日挨拶をしよう」

ユリウスにもルチアの考えがわかっていたようだ。

「うん。そうする。これでは探せないもの」

ルチアはアマンダを探すことを諦めた。

大広間を出て少し歩くと、ユリウスが立ち止まりルチアと向き合う。

「どうしたの……?」

小首を傾げるルチアの頭にユリウスは手を伸ばすと、髪が引っ張られないように宝冠を外した。

「よく頑張ったね。首がつらかっただろう?」

後ろにいるジラルドに宝冠を手渡す。

「ユーリ……」

宝冠が外され、締めつけられていたような頭がスッと軽くなった。

(気づいてくれていたのね)

ルチアはにっこり笑った。その笑みが可愛くてたまらなくなったユリウスは、彼女の腰を引き寄せ、ピンク色の唇にキスをした。

すぐ近くを警備している近衛兵は見て見ぬフリをするが、国王夫妻のキスシーンに真っ赤になっている。

「ユリウスさま、我慢できないのはわかりますが、このような場所ではどうかお控えください」

ふたりのキスを見慣れているジラルドが、ユリウスの耳元で助言する。

「そうだったな。ルチアが可愛くて我慢できなかった。行こう」

ユリウスはルチアの腰に置いた手をそのままにして、真紅の絨毯が敷かれている廊下を歩きだす。

彼らが向かう先は今まで使っていた部屋ではなく、同じ階のユリウスの両親が使っていた私室だ。ユリウスはルチアが快適に過ごせるよう、壁紙や調度品など、すべてのものを替えさせていた。

これから過ごす部屋の前に立ったユリウスは、ジラルドと侍女に、まだ招待客の残っている晩餐会へ戻るように告げた。着ている衣装を脱ぐのを、侍女に手伝ってもらおうと思っていたルチアは慌てる。大広間を退出するときはアローラもおらず、どこへ行ったのだろうと気になっていた。

「ちょ、ちょっと待って。ドレスを――」

「ルチア、わたしが手伝うから問題ない」

「国王さまにそんなことはさせられません」

戸惑うルチアの肩をユリウスは抱き寄せ、部屋の中へ足を進める。入った最初の部屋は、最高の調度品をそろえた広い居間。その奥がふたりの寝室。それぞれの衣装部屋だけでも、ルチアが島で生活していた小屋ほどの広さがある。

「疲れただろう？　ソファに座って」

「それは着替えてから……入浴もしたいし」

　ユリウスは強引にルチアをソファに座らせた。

「入浴はどうかな？　ちょっと確認したいことがあるんだ」

　そう言ったところで、扉が叩かれる。

「入れ」

ユリウスの合図と共に、アローラとグレーの夜会服姿のドナート医師が入ってきた。

「どうして……？」

いつもなにかと世話になってしまうドナート医師が現れると、ルチアはさらに困惑する。

「陛下、王妃さま。待ちに待ったご結婚、ご祝福いたします」

ドナート医師はふたりの前まで来て、深く頭を下げながら祝いの言葉を口にした。

ユリウスは軽く頷いてから、おもむろにルチアへ顔を近づける。

「ユ、ユーリ？」

ふたりがいる前でなにをするのだろう、と身体を硬くするルチアだが、ユリウスは口元を緩ませながら彼女の額に自分の額をつけた。しかもほんの数秒ではなく、たっぷり三十秒は額同士をつけたまま。

「ユ、ユーリ、どうしてそんなことを……」

アローラとドナート医師に見られていることもさながら、美麗なユリウスの顔がとても近くて意識してしまい、ルチアの顔はみるみるうちに赤くなる。後頭部をしっかり押さえられており、離れようにもできない。

それからユリウスはようやくルチアを解放した。楽しくて仕方ないといったふうで、口元に笑みを浮かべている。

「熱はないようだが。ドナート、どう思う?」

「それでは陛下、診てみましょう」

ドナート医師は一歩近づき、ルチアの前で腰を下ろす。

「王妃さま、失礼いたします」

ルチアの右手の脈を測り始める。

「みゃ、脈を今取っても……」

ユリウスのせいで心臓が暴れている。

「問題ありませんよ。王妃さま、深呼吸をお願いします」

言われたとおりに、ルチアは呼吸を繰り返した。それから手を放される。

「お口を開けてくださいませ」

ドナート医師は慎重に診てから、後ろに立つアローラを振り返る。

「アローラ殿、蜂蜜をたっぷり入れた温かいお茶をお願いします」

「かしこまりました」

アローラは部屋を出ていく。

「陛下のお見立てどおり、王妃さまはお風邪を召されたようです。ですがお薬を出すほどのことではなく、すぐに治りましょう」

「ユーリ……？　どうして……気づいたの？」

ルチアは小首を傾げて、ユリウスを見つめる。

「ほんの少し、咳をしただろう？」

「それだけで……」

喉がわずかに痛む程度で、自分でも先ほど自覚したのだが、それを悟ったユリウスに舌を巻いてしまう。

（ユーリったら、過保護すぎっ）

「一昨日、海に入ったせいだろうな」

「そ、そんなことないわ」

認めればもう島で泳げなくなるかもしれないと、口元を引きしめて首を横に振る。

ルチアの考えていることはお見通しのユリウスは、やれやれとやんわり笑う。

「ルチア、海に入るのは気をつけてくれさえすればかまわないよ。風邪をひいたのはすぐに入浴しなかったせいだろう」

島へ行ったときくらいは、ルチアの好きなことをさせてやりたいユリウスだ。

「わたしたちの命の恩人にも、挨拶をしなくてはならないしね」

(命の恩人、いや、命の恩イルカか。ベニートがいなければ、今はなかった)

前もって侍女にお茶の用意をさせていたアローラが、すぐに戻ってきた。ルチアは蜂蜜入りの甘いお茶が入ったカップを持たされる。

「ありがとう。いただきます」

甘さのあるお茶を飲むと、喉の痛みが緩和されていくようだ。もともとそれほど痛みはなかったのだが。

「アローラ、美味しいわ。喉の痛みもなくなったみたい」

「それはよかったですわ」

ユリウスも蜂蜜を入れないお茶を、優雅な所作で飲んでいた。

アローラに手伝われて就寝の支度をするルチアは、いつもよりも胸の辺りが大きく開いている夜着に目が大きくなる。入浴はドナート医師の許可が下り、アローラの手伝いで済ませたばかり。今は優しい花の香りをまとっていた。

「アローラ、この夜着は採寸の間違いじゃないかしら？」

胸の三分の一の膨らみが鏡に映り、胸元を上に引っ張り上げる。バラの花びらのような痣も丸見えだ。

「王妃さま、間違いではありません。今夜は陛下との初めての夜なのですから、相応しい夜着をご用意させていただいたのですよ」

アローラの言葉に、戸惑うルチアの顔は真っ赤だ。

島育ちのルチアは、夜伽《よとぎ》の知識は乏しかった。ジョシュに押し倒されたときも、キスをされたり胸を揉まれたりしたが、それから先のことはまったく知らなかった。

王妃の教育にはそういったことを教える授業もあり、ルチアは男女のあれこれについて学んでいた。これから世継ぎの誕生が望まれる日々である。

「アローラ、わたし、不安なの……」

「不安……ですか？」

アローラは夜着を身につけたルチアの肩に、羽のように軽いレースのガウンをかけながら尋ねる。

「だって、先生から教わったようなことなんて、恥ずかしくてできそうに……」

「陛下にお任せになればいいのですよ。王妃さまは陛下へ愛情をたっぷりと向ければいいのです」

「愛情……ユーリへの気持ちなら誰にも負けないわ」

ルチアはアローラの助言に、にっこり頷いた。

アローラが居所を出ていき、ルチアは寝室の扉の前に立つ。

（ユーリはもう中にいる……？　それとも着替えている最中？）

そうっと扉を開けて中を覗く。顔をちょこんと出し、宝石のような瞳を動かして様子を窺うと、正面にある大人が五人は寝られそうな広いベッドにユリウスはいた。

背に数個のクッションを置き、目を閉じている。開けていれば、ルチアと視線がちょうど合ってしまったかもしれない。

（寝てる……？）

なんとなくホッとしたとき――。

「ルチア、なにをしている？　早く入っておいで」

ユリウスがエメラルドグリーンの瞳でルチアを見つめていた。目と目が合い、屈むようにして様子を窺っていたルチアはビクッとして、慌ててまっすぐ立つ。

「痛っ！」

扉の取っ手に左腕をしたたかにぶつけた。

「ルチアっ⁉ どうした？」

左腕を擦っていると、ベッドからユリウスがこちらへ近づいてきた。

「な、なんでもないの。ちょっとぶつけただけ」

寝室の扉が内側から大きく開かれ、次の瞬間、ルチアはユリウスに抱き上げられていた。

「歩けるからっ、下ろしてっ」

「しっ。黙って」

まるで壊れ物であるかのように、ベッドの上に寝かされる。

ユリウスはベッドの端に腰かけ、ルチアが擦っていた左腕を持ち上げる。

「これでは見えないな」

夜着の上に羽織っている繊細な作りのガウンを、ユリウスはあっという間に肩から脱がした。

「ユーリっ！」

ガウンのおかげで露出が過ぎる夜着を隠せていたのに、脱がされてしまい、慌てるルチアだ。そんな彼女に、ユリウスは口元に笑みを浮かべる。

「あぁ……ほんの少し赤くなっている」

扉の取っ手にぶつけた箇所を、ユリウスの長い指でそっと撫でられ、ルチアは小さく震えた。

「怖い……？」

ルチアの腕を放したユリウスの指が、彼女の頬を撫でる。

「こ、怖くないわ」

本当のところ、夜伽の知識だけ詰め込まされたとき、未経験者は痛いという講義を受けた。その痛みを乗り越えなければ妊娠できない。そして痛いのは最初だけで、次第に気持ちよくなるから平気だ、と。しかしルチアには、その気持ちよさがどういうものなのかわからない。

彼女なりに、ユリウスとキスをしたときみたいな感じなのだろうかと考えていた。

「少し恥ずかしかっただけ」

空気にさらされている胸の膨らみを隠すため、夜着を上に引き上げる。

「そうは見えないな」

ユリウスはシーツにまで広がる淡いブロンドを梳きながら、ルチアを見つめる。

「本当は……怖いの。これからのことが……」

「そうだろうね。君は純潔を奪われるんだから」

「奪われる？　そんなふうには思っていないわ。それに、ユーリの赤ちゃんが欲しいもの」

ルチアは小さく微笑み、首を横に振った。

「わたしもルチアの血を引いた赤ちゃんが欲しい。まわりからも、世継ぎを期待されるだろう。だが、わたしはまだふたりだけで過ごしたいと思っているんだ」

ユリウスの指は、まだルチアの髪をゆっくり梳いている。ルチアが愛おしくて仕方がなく、いつまでも触れていたいと思うのも無理もない。

「再会してまだ半年。君をひとり占めしたいと思うのは傲慢だろうか。そんなことを考えても、赤ちゃんは神さまが決めることだけどね」

「これからはずっとずっと……一緒です」

ルチアは軽く首を左右に動かしてから、はにかんだ笑みを浮かべた。

「そうだ。これからはずっと一緒だ。ルチア、わたしを信頼してくれているだろう？」

「もちろんよ」

自信を持って誓う。

「夜伽について不安があると思うが、わたしに任せてほしい」

「はい……」

「君はなんて美しいのだろう……」

ユリウスはピンク色の唇に指を滑らせる。

「美しいのはわたしじゃなくて、ユーリよ。初めて見たとき、こんなに綺麗な男の人がいるなんて信じられなかったもの」

今のユリウスは、いつものように後ろで髪を一本に結んではおらず、シルバーブロンドが背中までサラッと流れている。その姿は古来の神のように神々しく見える。

「愛おしいルチア……」

ユリウスは彼女の顎に手をかけ、上を向かせると、唇を重ねた。

「島には若い男がいたというのに……君を奪われずによかった」

ルチアは唇をジョシュに奪われたことを思い出した。そんなことは言えない。でも、少しでも真実を伝えておきたいと口を開く。

「おばあちゃんは、ジョシュとわたしを結婚させたいと思っていたの」

「……島で君をゆだねられる男は彼しかいなかっただろう。おばあさんがそう思うのも無理はない。君は島での別れ際、彼と結婚すると言ったね。あれはショックだった」

ユリウスが理解してくれて、ルチアは黙っていることができなくなった。今言わなければ、これからずっと欺くことになり、苦しくなるだろう。

「ユーリ……わたし……」

「急に瞳が曇った。どうしたんだい？　なにか話すことが？」

コクッと頷いた。

「ユーリがエラを連れて帰ってから一ヵ月くらい経ったとき、ジョシュとラーヴァへ行ったの。そうしたら、ふたりが結婚すると聞いて、ショックを受けてすぐに島へ戻ったの……。そのときジョシュに、あなたを忘れろって押し倒されて……」

ユリウスの表情は変わらないが、ルチアの次の言葉に双眸が大きく開く。

「乱暴にキスされて……胸に手が……」

冷静でいようとしていたユリウスだが、内心は腸《はらわた》が煮えくり返る思いだ。

「腹が立って逃げたの。だから……」

「……そうだったのか……彼が君を愛しているんだということは気づいていたよ」

「わたしには兄のようにしか思えなかった。キスされたときも嫌だった。わたしの心は……ユーリだけ」

瞳を潤ませるルチアに、ユリウスは再び唇を重ねる。

「わたしたちは生まれる前から強い絆《きずな》で結ばれている。今夜、完璧なものにしよう」

ルチアの上唇や下唇を食むように啄み、震える唇から舌を挿し入れる。

「んっ……」

ルチアの舌に舌を絡ませ、ルチアをたっぷり味わった。深いキスをしながら彼女の身体を押し倒すと、淡いブロンドの髪がシーツに広がる。

ユリウスのキスにルチアは夢中で応え、夜着の前リボンを外されたのも気づかなかった。

「どんなに我慢したことか。ようやく君はわたしのものになる」

ユリウスの手が、はだけた夜着から露出する胸を包み込む。

「あんっ……」

温かい手に胸が包まれ、ルチアの身体がビクッと跳ねる。

「この痣をどうして思い出さなかったのだろう。早く思い出していれば、危険な目に遭わせることもなかったはず……」

バラの花びらのようなピンクの痣を指先で撫でたユリウスは、その下の頂を口に含んだ。

「あぁっ……」

舌で頂を弄《もてあそ》ぶように動かされ、それが次第に硬くなっていき、主張し始める。反対の膨らみも揉みしだかれ、頂を指の腹で捏《こ》ねるように動かされる。

ルチアは身体の中が熱くなっていく気がした。下腹部が疼くような感覚だ。

「ユーリ……なんだか、身体の中が変な感じなの、あっ……」

「ここが硬くなってきた。気持ちよくなっている証拠だよ」

胸の頂を執拗に弄《いじ》られ、ルチアの腰が揺れる。

「気持ちよく……そうみたい。でも、わたしはユリウスにもそうなってほしいわ」

サファイアブルーとエメラルドグリーンの瞳が絡み合う。

「もちろん。わたしもそうなるよ。むしろルチアよりもね」

ユリウスはルチアの夜着に手をかけて、一糸まとわぬ姿にし、自分も夜着を脱ぎ捨てる。

島で一度だけ見たことがあるが、美麗な顔からは想像できない筋肉質の美しい身体にルチアは見とれる。軍神とあがめられるのも無理はない、神々しい肉体だ。

腹部にまだはっきり見える短刀の傷におそるおそる触れ、瞳を曇らせる。

「まだ痛い……？　傷が残っちゃう……」

「いいや。傷など気にしない。わたしの身体には他にも無数の傷がある」

ユリウスは唇を重ね、ルチアの身体のラインを確認するかのように手でなぞり、脚を開かせる。ここからはルチアにとって未知の世界だ。

怖がらせないよう、身体中のあちこちへキスの雨を降らせながら、手は滑らかなお腹を滑り下腹部へ。愛《め》でるように指を動かすと、ルチアから甘い吐息が漏れる。

「んふ……ああっ……ん、や……」

「嫌？」

そう聞きつつも、ユリウスは愛撫《あいぶ》する手を止めない。

「お……かしくなっちゃう……」

ユリウスの動かす指からもたされるなにかで、ルチアは潤んだ戸惑いの瞳を向ける。

「どうして……？　ああん……」

「気持ちよくなっている証拠だよ」

「本当……に……？　んんっ、あん……」

ユリウスの身体の下で、身をくねらせる。どんどんなにかが押し寄せてくるような感覚が怖くなり、彼の背に手を回した。

「まだまだだよ。もっと気持ちよくなるんだ」

胸の頂を舌で弄ぶようにしていたユリウスは、ルチアの唇を食むようにキスをする。

そして顔を彼女の下腹部へずらした。ユリウスの舌がルチアの敏感なところに触れる。

「あああぁっ……ダメ……おかしく、なっちゃう……」

「それでいいんだ」

ユリウスはルチアの痛みを極力避けたい。

「ん……ユーリっ、なにかがっ、わたし、おかしい……ああっ……」

足の先からなにかが押し寄せ、頭の先まで一気に駆け巡った。頭の中が一瞬真っ白になり、ルチアの身体が弓なりに反れた。

ルチアの心臓は今まで経験したことがないくらいにドクンドクンと暴れ、身体が小刻みに震える。

(先生が言っていた、気持ちがよくなるって、このこと……？)

「ユ……リ……、今のは、なに……？」

「ルチア、君の身体はとても感じやすいみたいだ。そろそろ次に進もう」

ユリウスは愛おしいルチアを、これ以上ないほど優しく貫いた。

荒い呼吸を整えるユリウス。ルチアも心臓がこれ以上ないほど暴れている。

艶を含んだ瞳と目が合ったルチアは、はにかんだ笑みを浮かべた。

「痛みはある？」

可愛すぎる笑みに、ユリウスはおでこにキスを落とす。

「ううん……ユーリは……？　傷は痛まなかった……？」

「もちろん。傷はもう完治している。そんなに心配しないでくれ」

ユリウスに肩を抱かれ、彼の胸に頬を預けるルチアは小さく吐息を漏らした。

「何日も部屋にこもって、君をベッドから出したくないな」

「何日もこもって⁉」

頭を上げて、目を真ん丸くして驚いたようにユリウスに聞く。

「ああ。食事だけ運んでもらい、部屋を出るのはよそう」

「それは本気？　政務が滞ってしまうわ」

「わたしがいなくてもジラルドをはじめ、優秀な側近がいる」

ユリウスはいつもの美麗な笑みではなく、いたずらっ子のような笑顔を浮かべた。

「それはダメよ。みんなはユーリが必要だもの」

ルチアは顔をしかめ、大きく首を横に振る。

「君にはわたしが必要じゃない？」

「わ、わたしもだけど……」

もちろん政務中も一緒にいたいと思うルチアだ。

「ルチア、まだ愛し足りない」

「きゃっ！」

ユリウスはクルッとルチアを組み伏せた。

「君を抱くと、もっと欲しくなる。中毒になりそうだ。君という中毒だ。愛している」

キスで少し腫れたルチアの唇に、食むように口づけた。

「わたしも……愛してるわ。ユーリ、ユリウス」

ユリウスは頬を赤く染めながら、愛の言葉を伝えてくる最愛の王妃を抱きしめた。


翌日、ちょっぴり不機嫌なユリウスは執務室にいた。そんなユリウスを見て、ジラルドは含み笑いを浮かべながら、机の上に書類を置く。

「ジラルド、わたしは新婚だぞ。書類など読みたくない」

まるで子供のようなユリウスに、とうとう堪えきれず声を出して笑った。

「まったく、王妃さまをアマンダとジョシュに取られたからと、そんな不機嫌になららなくても……」

昨晩、何日も寝室にこもっていたいと言ったのはユリウスの本心だ。だが、今朝目覚めてみるとルチアはすでに起きており、部屋にいなかった。

ユリウスが、彼女がベッドを出るのも気づかないくらいぐっすり眠ったのは、子供のとき以来だった。

十六歳の頃から国王としての重責を肩に、国を守ってきた。ルチアは唯一、ユリウスが安らげる存在である。それが今朝身に染みてわかった。だからこそ、目が覚めたときにいてほしかったのだが。

ジラルドには、苦虫を噛みつぶしたようなユリウスの表情がおもしろい。

「お前も愛する女ができたらわかる」

ニヤニヤするジラルドにムッとしたとき、扉が叩かれ、ルチアが飛び込んできた。

「ユーリ！　おはよう！」

ドレスの裾を持ち上げ、執務机を回って駆け寄ってきた彼女はユリウスに抱きつく。

そんな天真爛漫《てんしんらんまん》なルチアに、ユリウスの顔は今までの仏頂面から笑顔になった。

END

あとがき

こんにちは。若菜モモです。このたびは『国王陛下は無垢な姫君を甘やかに寵愛する』をお手に取っていただきありがとうございました。

今日、わたしが住む地域は梅雨明けしました！　とても暑いです。

六月に新しい家族（白柴犬）を迎えた若菜家は賑やかになりましたが、ワンちゃんって、暑さに弱いんですよね。ということで、朝起きたときからリビングは涼しいです。去年まではエアコンをかけるのは午後からと決めていました。電気代が恐ろしいです。暑い真夏の話をしておりますが、この本が皆さまの目に触れるのは九月でした。でもまだまだ暑いですよね。皆さま、ご自愛くださいませ。

さてさて、この作品について、裏話を。

よくあるヒストリカル的な姫と王子の組み合わせではなく、独特なヒロインを書きたくて頭に浮かんだのがルチアです。最初のプロットでは島で暮らさせるのではなく、海にぷっかり浮かぶ木材を繋ぎ合わせた集落を舞台にしていました。以前、本当にそうやって暮らす民族をテレビで知り、ヒントを得たのですが、でもそれではあまりにも貧相だな……と思い、島の設定にしました。

ユリウスが月夜に海で泳いでいるルチアを見初めたところが、わたしの好きなシーンです。そのシーンを皆さまにドキドキして読んでいただけますように。

そして、たいしたことではありませんが、もうひとつ。登場人物の名前をつけるのは大好きで、プロットもまずそこから入ります。エラとエレオノーラの名前ですが、書き始めてからしばらく経って、「あ！　エレオノーラを略したら、エラじゃない！」と気づき、偶然に満足しました。


最後になりましたが、美麗なカバーイラストを描いてくださいました深山キリさま。いつもお世話になっております、三好さま、矢郷さま。

この本に携わってくださいましたすべての皆さま、本当にありがとうございました。

小説サイト『Berry's Cafe』と、ベリーズ文庫の発展をお祈りしています。

そしてわたしを支え、応援してくださる皆さまに感謝を込めて。

二〇一七年九月吉日　若菜《わかな》モモ

若菜モモ先生への
ファンレターのあて先

〒104-0031
東京都中央区京橋1-3-1
八重洲口大栄ビル7F
スターツ出版株式会社　書籍編集部　気付

若菜モモ先生

本書へのご意見をお聞かせください

お買い上げいただき、ありがとうございます。
今後の編集の参考にさせていただきますので、
アンケートにお答えいただければ幸いです。

下記URLまたはQRコードから
アンケートページへお入りください。
http://www.berrys-cafe.jp/static/etc/bb